DENMA

THE QUANX

6

양영순

네오카툰

a catnap

푸흐흐흐…

큐브가…
큐브에 갇혔군.

도대체가…
종단의 속셈을
모르겠어.

왜 저런 위험을
없애지 않고 이곳에
가둬두는 건지.

치우는 데
방해 세력이 있다면
양팔을 절단해서

무간도
행성 가이아에
처박아두든가…

저 친구가 그렇게
위험한가요?

몰라? 태모신교
종단 3대 광견!

발락, 아비가일,
그리고 바로 큐브
라고 불리는
저놈…

하이퍼 퀑,
하데스!

왜 큐브라는
별명이…

닥치는 대로
꺾고 구겨서 큐브로
만들어놓거든.

전에 한 번
본 적이…

어? 뭐야?
어디 갔어?

웅? 방금
전까지…

슉
슉
슉

타다닥

탈옥?

하데스가?

예! 어찌 된 일인지 하데스를 가둔 제어 장치들이 모두···

알았어. 대장님껜 내가 전할 테니 전원 비상대기!

옛썰!

탁

틱

응, 가츠 군.

하데스가 무사히 빠져 나갔습니다.

수고했어.

이제 제가 어떻게 움직여야 할까요?

이제 곧 감찰 대장이 수색대를 결성해

추적을 명령할 거야.

보안국에도 이 소식은 전해졌을 테니

감찰국과는 별개의 수색팀을 짜서 바로 놈을 쫓겠지.

하데스 군은 임무가 끝날 때까지 그 어느 쪽에도 붙잡혀선 안 돼.

뒤쫓긴 하되 결코 붙잡거나 붙잡히게 해선 안 되는 세심한 작업.

감찰 대장에게 얘기해서 자네 팀이 나서도록 할게.

이번 일이 잘 마무리되면 앞으로···

가츠 군이 감찰국을 쥐고 흔들게 될 거야.

!

가··· 감사합니다. 최선을 다하겠습니다, 주교님.

그래, 확실한 일처리 부탁해.

8

뭐?

하데스를
가둔 장치들이
모두 개방돼
있었다고?

네, 실장님!

흠…
큰 행사를 앞두고…
냄새가 나.

누구의 사주일지
대충 짐작은 가는군.

하데스란 종단
이슈메이커에게
시선을 몰리게 한
뒤에…

이것들이 이번엔
무슨 꿍꿍이지?

감찰국에선
바로 수색팀을
보내려는 것
같습니다.

뭐, 당연히…
하지만 포획 의사가
없는 놈들로
구성될 거야.

탈옥수를 잡을
수색팀은 우리가
보낸다.

빠른 일처리가
필요해.

감찰국 놈들의
방해를 물리치고

행사 전에
하데스를 치워야…

이 일은…

우리 보안국의 정예인
막스 군에게 맡기도록
하지.

아아아앙…

난 잘못 없다고!

뭐가 어째?
그래도
이 녀석이…

짝
짝

응, 그렇게 세 사람!

대기 중인 팀원 중 내가 말한 그 세 명으로 추적팀을 구성해줘. 나 포함 모두 넷!

네, 팀장님!

임무는 탈옥한 하데스를 외부인들에게 빼앗기지 않는 것, 그리고

적당한 때에 타깃을 포획하는 일!

도대체 무슨 권한으로 보안국 놈들이 남의 일에 끼어드는 거죠?

엄밀하게 따지면 탈옥수 포획은 보안국 소관이야.

예?

감찰 업무규정을 확대 해석해야 겨우 우리 일이 되지.

그… 그런…

우리 일로 뺏어와야지.

감찰국이 지금과 같은 외부 간섭에서 벗어나려면.

그래서 이번 일이 중요할 수 있어.

그럼 추격대가 네 명으로 충분할까요?

보안국 놈들을 견제하면서 하데스를 붙잡으려면…

그 이상이면 행동 효율이 떨어져. 보안국 팀도 그렇게 판단할 거야.

문제는 같은 인원이라면 우리가 보안국 애들한테 밀린다는 건데…

분하지만 평균 기량이 우리보다 한 수 위라는 걸 인정할 수밖에.

때문에 그 갭을 메꿔줄 누군가가 필요해.

네?

그래서 내가 지금 교화소로 가고 있는 거지.

무슨 소리야?

가츠가 발락을
추격대에?

네, 실장님.

······

발락?

평면 구속하는
그 강아지?

맡겨 주시죠.
이번 기회에 종단의
근심거리 두 놈을
함께 처리
하겠습니다!

······

그거야 이미
자네 일 아닌가.

모양새를 위해서
우리도 한 사람 추가
하도록 하지.

그 말씀은···
제가 꾸린 팀이
그 강아지
때문에

밀릴 거라는
말씀인가요?

그럴 리가···
자네 팀은 최고야!

단지···

야심 많은
가츠 군이 예상보다
큰 쇼를 준비한 것
같아.

이슈메이커
둘을 부딪히게 할
속셈인가본데···

임무의 성공
여부와 관계없이
종단 실권자들의
시선이

온통 감찰국에
쏠리겠어.

이번 일로
그쪽에 힘을
보태주는 상황은
막아야지
않겠나?

무슨 말씀이신지
알겠습니다.

그럼···
실장님이 추가하려는
그 한 사람은···

뭇시엘! 아, 아버지…

뭇시엘! 아그네스 수석 데바님!

잘 지내세요?

네, 데바님 기도 덕분에…

무슨 일이세요?

갑작스레 대단히 죄송하지만

급히 드릴 요청이 있어서…

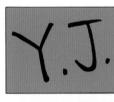

큭큭큭…

맙소사! 사형이 웃는 거야?

응! 분명히!

사제님!

!

예, 데바님!

벌떡

잠시 외근을 다녀오셔야겠어요.

예!

힘든 일이 될 것 같더군요.

부디 무사히… 복귀하세요.

아비가일 사제님!

예, 데바님.

13

진짜야! 아직도 아프다고!

이럴 줄 알았으면 친구네서 잤을 거야!

왜? 미뤘다 맞으면 덜 아프대?

내가 없을 땐 네가 동생을 보살펴야지.

너 한 번만 더…

츠즈즈

뭐야, 이건?

감정 전달 봇이야. 누나, 패드 좀 꺼내봐.

아, 됐어!

어서! 누나가 정말로 볼기를 칠 만큼 화가 난 줄 몰랐단 말이야!

내 기분 안다고 안 맞을 것 같아?

틱

누나 화나 있으면 집에 안 들어올 거야.

그랬다간 엉덩이에 진짜로 불날 줄 알아.

츠즈즈

오케이…

이제 아바타 아이콘을 선택하면…

이 자식! 쓸데없는 짓 말고 어서 안 자?

오, 바로 성질 나오네.

빨랑 끄고 엎어져!

쳇! 누나는 나만 미워해!

풀

나도 친구들이랑 같이 어울리고 싶다고!

소이는 누나보다 내가 더 많이 돌본단 말이야!

인과율을 조정하는 란이시여!

지금 너무 큰 소동이 벌어지는 건 아닐까요?

혹시 종단의 질서를 뒤흔들 큰일로 번질까…

응?

태모님의 방문 행사와 겹쳐져

현재 교단의 태모 선출 제도에 대한 찬반 의견은

이번 사태는 언뜻 그런 충돌 중 하나로 보일 거야.

……

응, 전부터 해오던 일의 다음 단계야. 종단의 성장을 원하지 않는

결코 합의를 이룰 수 없어.

진짜 목적은 따로 있다는 겁니까?

안팎의 불순 세력으로부터 교단을 보호하는 일이지.

우선 심방 제도를 통해 우리가 얻고자 했던

1단계가 마무리됐으니 이제 평행 우주의 교차공간은

심방제 폐지와 관련된 교단내 원리주의자들의 저항을

그… 그럼…

샘플 수집은 거의 다 끝났어.

상당 기간 폐쇄될 거야.

물리치는 데는 이번 소동이 적당해.

다음 단계는…?

언니!

언니, 나 쉬…

!

하아아…

딱 반나절만 원껏 자봤으면…

ZZ…

ZZZ…

!

선생님 말씀 잘 듣고, 특히 너!

누나가 얘기할 땐 집중해야지.

졸려…

!

......

아, 그러니까 잡으라는 거요? 말라는 거요?

적당한 때에 잡자는 거지. 내가 지시할 거야.

에이, 씨! 뭐야? 그게…

보안국과 경쟁하면서 진행하는 일이라 그래.

듣자하니 발락 군을 견제하려고 그쪽에선 아비가일 사제를 불렀대.

아비가일?

이로써 종단 이슈메이커 트리오가 한자리에 다 모이게 되는 거야.

벌써 종단에 소문이 쫙 퍼졌지.

발락 군, 기선 제압! 보안국 애들한테 밀리면 안 돼! 오케이?

흥!

팀장님!

하데스의 다음 타깃을 예상할 만한

흔적과 자료를 찾아냈습니다.

그래?

그럼 어서 보안국 놈들 오기 전에 치워버려.

여어어…
이 흔적 좀 보게.

감찰국 감옥에서
공룡이라도 탈출한
모양이야?

안녕하쇼,
부지런한 감찰관
나리들!

하데스가 쓸고 간 자리를
또 쓸고 계신 건가?

반갑소,
보안국 양반들.
이거 어쩌나…

숟가락 더 얹기에는
이미 밥상이 꽉
차버려서 말이야.

별 걱정을…
우리 밥상은 따로
갖고 다녀요.

난 보안국
추격대 팀장
막스입니다.

감찰국 팀장
가츠요!

흠! 저놈이
저승 사냥개 발락…

원숭이처럼
생겼군.

가츠 팀장님, 피차
도움은 못 줄 망정 서로에게
방해가 되지는 않도록
하죠.

바라던
바요.

아놔… 감찰국 수준하고는…

동네 양아치도 민망해할 대사를 잘도…

뭘 봐, 이 새끼야! 너야말로 눈 안 깔아?

어디 감히 감찰국 떨거지 새끼들이 보안국 요원들과 눈을 마주쳐?

뭐가 어째?!

아, 진정…

미친개라니까 눈에 뵈는 게 없냐? 잘 들어!

종단 미친개들 때려잡는 게 우리 일이야.

너처럼 말썽 피우는 놈들…

무서운 게 아니라 더러워 피하는 똥 같은 거라고.

깝치다 내 손에 걸리기만 해…

그만! 거기까지!

중대 사안이라 모두들 신경이 곤두서 있네요.

아무래도…

본격적으로 추적이 시작되면 더 날카로워지겠죠.

아마도 보안국 팀을 배려할 여유는 없을 것 같습니다.

피차일반, 모쪼록 건투를 빕니다.

현장 조사가 끝나서 저흰 이만…

거기 이마에 점돌이! 또 보자!

얼마든지!

츠ㅈㅈ

23

24

그래?

그럼 깔아야지.

푸하하… 사제 놈, 발락 선배한테 바짝 쫄던데?

점돌이가 그 상황 커버하려고 용쓰던걸.

오케이! 보안국 팀 프로필 넘어왔다.

다들 공유해.

그 사제 놈 특기가 가속 능력이었군.

그 덕분에 1대 100이란 별명이 가능했던 거야.

……

에너지 가감, 전달 능력을 가진 놈이 있네요.

이 녀석 꽤 골치 아프겠는데요.

그 녀석을 움직임의 중심에 두려고 할까요?

응, 아마도…

팀 구성이 좀 이상하군.

이 녀석은 공격수가 아닌 이상 누군가 곁에 있어야 돼.

그럼 5대 5 밸런스가 깨질 텐데…

맨투맨 전략이 아닌가보죠?

하데스 체포에 중점을 둔 구성이 아닐까요?

아니, 하데스를 잡으려면 먼저 우리 발목을 잡아야 하는걸.

그걸 모를 리도 없고… 그럼에도…

아, 뭘 고민해요? 작전 백날 짜봐야 실전은 언제나 개싸움!

그냥 닥치는 대로 치고 빠져요!

점돌이는 내 거요.

발락 군은 좀 더 중요한 역할을 해줘.

그게 우리 거래잖아.

보안국 팀장…

막스를 자네가 맡아.

좋아! 각자 주어진 자기 역할 다시 한 번 숙지하고.

감찰국 팀 구성은 당초 알려진 대로였어.

우리 움직임에 딴지 걸 공격수로만 채워져 있다.

가츠 팀장… 우리 팀 구성에 의심을 품을지도 모르겠군.

팀장님, 작전과 실전이 아무리 다르다지만

응, 그렇지. 우리 쪽이 한 사람 더 많아.

공격수 밸런스가 깨지는 거 아닌가요?

네?

감찰국 팀원 중 하나가 우리 쪽 사람이거든.

공격보다 방어?

막스 놈… 무슨 생각이지?

아니야, 무엇보다 하데스를 상대해야 돼.

하긴 뭐 어차피…

결국엔 보안국 놈들이 총출동하게 될 테니까…

후우우…

누나, 제발 우리 계단 없는 집으로 이사 가자, 응?

……

Z…

ZZ…

ZZZ…

콰

앙

방해하지 말라니까…

그래 봐야 너희는 죽어가는 엑스트라일 뿐이야.

척

치잇!

슈슈

이봐, 여기야.

!

팅

좍 악

네게
태모님의 안식을
주려고 왔다.

!

조슈아의
이름으로 편히 쉴 것.
뭇시엘.

간다.
정열의 바바바.

바바바바

……

저것이
가속 능력…

쿵… 인 거지?
…경박하군.

퍼버버벅

1초당
10대의 펀치…

이 무시무시한
스킬을 쓰고 나면…

몹시 피곤해.

게다가
어처구니가 없어!

벌떡

빠른 회복.

바바바바

역시 젊은이는
아름다워.

내 덕이거든요!

빵야!

!

떡

어이쿠야! 보안국에서 우리 수고를 덜어주셨네.

슈 슈

수고를 덜어 드리다뇨?

우리 업무에 충실할 뿐입니다. 남의 일에 신경 끄시죠.

슈 슈 슉

신경을 끄라뇨? 우리 임무인데! 자, 그만 물러나요.

가츠 팀장, 남의 일에 간섭 않기로 했던 것 같은데…

방해하겠다면

보안국 규칙대로 할 수밖에요.

그건 이쪽도 마찬가지.

탁

팍

빵야!

퍽

피해, 이 양반아.

팟.

크러쉬!

아, 어떤 자식이 바닥에 껌을…

소이…?

그랬구나. 라미 언니한테 초코파이 주려고?

기특한 녀석! 이리 줘. 내가 대신 전해줄게.

……

……

이해해. 이건 상호 신뢰의 문제라기보단

직접 전달하고 싶다는 거지?

마침 잘됐다. 이 언니가 데려다 줄게.

슈슈슉

여기가 태궁…

도대체 종단 꼰대들 속셈을 모르겠어.

화학 단지, 생명공학 연구소, 그리고 이곳…

그 늙은 여우들, 날 실컷 부려먹고 없애려는 거겠지.

크흐흐… 하지만 너희들이 미처 예상 못 한 일이 벌어질 거야.

지… 지금 뭐 하는 거야? 팀장! 야! 대머리!

이리 와서 평면 구속 마저 풀어줘.

음…

츠즈즈

휘

당신 프로필에 나와 있던 힐링 스킬이 이거였군.

츠즈즈

헌터는 의무국에서 처리해요.

뭐야, 전혀 예상 못 했던 태도…

천만에. 우린 보안국과 전쟁을 하려는 게 아니라

경쟁하는 것 뿐이니까…

1라운드는 여기까지!

다음 장소에서 봅시다.

하데스는 우리 거요.

츠즈즈

고… 고맙소!

뭐 하자는 거야, 당신?

그 원숭이처럼 생긴 놈 때문에 잔뜩 애먹고 있었는데…

됐어. 그 정도면 발락 군의 무서움을 충분히 알 거야.

그거면 됐지. 안 그래?

아울러 이번 일에서

좀 더 큰 그림을 그리는 계기가 있었으면 해.

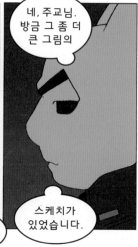
네, 주교님. 방금 그 좀 더 큰 그림의

스케치가 있었습니다.

이게 전사체 앞에서도 내가 여유를 부리는 이유라고.

비밀 경로로 입수한 태궁의 내부 구조를

옥중에서 머릿속으로 완전히 외우고 있었지.

거기에는 전사체를 제어하는 본체의 위치도 포함돼 있더군.

지금 내가 밟고 있는 큐브랑 함께 이동할 거야.

훽

슈

슈슈슈슈

콰

뭇시엘! 영면하시게.

이제 잠시 태궁은 무방비야.

폭탄으로 시작해볼까?

자, 먼저 폭탄으로 쓸 타깃을 정해 큐브로 가둔 뒤…

천천히 그 크기를 줄여서…

즈즈즈

텅 콰드득

콰드득

텅 콰득

더…

콰드드득

콰드드득

터엉

와르르

텅 텅

텅

라미야!

텅

후아아…

오늘 컨디션 최곤데!

좋아! 턱걸이 50개로 가볍게 시작해볼까?

뭐야, 왜 그래?

식사 마친 순서대로, 다음!

아무래도 가츠 녀석에게 말려든 것 같아.

호의를 베푸는 척 하며 우리의 집중력을 떨어뜨려서…

……

후아아아…

이게 놈의 개인 플레이란 말이야?

하데스의 주사위… 라는 것인가봐.

옛썰!

모두! 교차공간 커버에 들어간다!

팀장님, 전사체 방어막 요청을 우선…

그건 보안국이 먼저 사령부에 요청한 모양이야.

예? 그럼 우리에게 굉장히 불리한 거 아닌가요?

딱히…

스윽

이제 곧 종단 여기저기서 개떼처럼 몰려들 거야.

서둘러 교차공간을 포위해. 보안국에게 자리 뺏기기 전에!

척

치익

좌아악

예상보다 대응들이 훨씬 더 빨라!

탁

시간이 별로 없다.

더 큰 그림을 그릴 시간…

오케이!

지금 각자 확보
하고 있는 위치를
사수하도록!

본부에서 보충
인원들이 올 때까지

교차공간을
하데스로부터
지켜야 한다.

팀장님,
감찰국의 접근은
어떻게 대처
할까요?

……

치잇! 가츠 놈…
이런 걸 노린 거지.

놈의 호의가
우리 팀의 경계심을…

……

어차피 놈들과
부딪히는 건 탈옥수
하데스야.

교차공간을
커버하는 데는 오히려
도움이 될 거야.

각자의 책임
영역을 침범당하지
않는 한

굳이 충돌할 필요
없어. 알겠나?

젠장!
대체 이놈의 연기는
언제까지 계속
되는 거야?

한치 앞이
안 보여!

슥

!

척

이런! 벌써 여기다
자리를 잡았군.

아…

다른 자리를
알아봐야겠는걸…

팔은 좀 어때요?

덕분에…

통증이나 무감각한 느낌은?

두욱

기분 탓인지 다소…

어디…

꾹

!

턱

이 친구 눈에 안 띄는 곳으로 옮기지.

…네!

슥

그래, 거기가 좋겠어.

뭇시엘!

!

퉁

두리번

태모님 품에서 영면하길!

슥

자네의 죽음이 헛되지 않을 거야.

51

에이, 씨!

이게 뭐야? 팀장 놈…

보안국 애들이랑 당장 끝장 볼 것처럼 하더니

쓸데없는 짓거리로 대결 구도를 어정쩡하게 만들어놨어.

가츠, 그 멍청이…

하하하…

하데스만 뺏기지 않으면 되죠, 뭐.

아니야! 아니야!

이마에 점 붙은 대머리 자식!

주둥이 함부로 놀리면 어떻게 되는지 확실하게 가르쳐야 한단 말이야!

아, 저기… 발락 선배?

!

그건 내가 너한테 가르쳐야 할 덕목이야.

팀장은 쓸데없는 충돌 말라고 했지만

다행히 지금 네가 내 책임 영역을 침범하고 있어서

당장이라도 너한테 가르침을 줄 수 있겠어.

방금 정했어. 난 여기서 경계를 설 테니까

넌 좀 더 돌아가 다른 장소를 찾아.

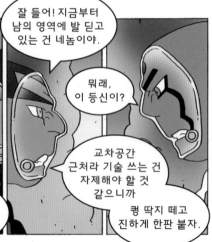

잘 들어! 지금부터 남의 영역에 발 딛고 있는 건 네놈이야.

뭐래, 이 등신이?

교차공간 근처라 기술 쓰는 건 자제해야 할 것 같으니까

쿵 딱지 떼고 진하게 한판 붙자.

그거 반가운 소리네. 종단 광견 이랍시고

거들먹거리는 꼴 정말 못 참겠거든.

아무렴! 엘리트라고 깝치는 너희만 하겠어?

저기요, 이러다 하데스라도 난입하면

정말 많이 곤란할 것 같거든요.

마스크 벗게 장소 좀 옮기지?

오케이!

네, 실장님! 감찰국 추격팀도 교차공간 커버에 나서고 있습니다.

태궁 주변으로는 경비대와 소방팀이 대기 중이고요.

&*!$#%···

옛썰!

ㄲㄲㅇ 틱

후우우··· 이 양반 신경이 곤두서 있군. 하긴···

감찰국 쪽에 합류 중인 우리 요원에게 메시지를 남겨야겠군.

삐익

!

응? 뭐야?

개인 회선 패드가 끊어져 있다고?

DISCONNECTE

......

역시… 보안국 팀의 공격수 비율…

우리와 달랐던 게 이런 이유였군! 모자란 게 아니었어!

제기랄! 하필이면 희생양으로 고른 놈이

보안국 끄나풀이었다니…

......

안 돼! 이러면 스파이 처단이라는 이슈로 우리 쪽에 책임이 넘어올 거야.

그럼 보안국에 쏠려야 할 시선이 이리로 분산될 테고…

감찰국과의 지나친 과열 경쟁, 경쟁을 넘어선 극한 대립!

보안국의 도를 넘는 극한 대응이라는 그림을 완성할 수가 없어!

보안국 해체를 주장하는 주교들에게 힘을 실어줄 이슈!

이 기회를 놓쳐선 안 돼!

타다닥

ZZ…

탁

이렇게 된 이상…

희생양이 필요해!

하나 더!

쳇!

언제까지 집 지키는 개 꼴로 여기 있어야 한담?

하데스 자식, 어디선가 힘을 비축하고 있으려나?

차라리 놈이 멀리 도망가버린 상태라면 좋겠어.

팀원들은 어디쯤 자리 잡았으려나?

틱

팀장은 아직 자리를 찾는 것 같고…

뭐야, 발락 이 친구는 왜 이런 엉뚱한 곳에…

퍽

빠박

털썩

보안국 요원 하나 만드는 데 드는 비용이

감찰국의 10배가 넘어.

그게 무슨 뜻인 줄 알아?

커허억…

쿵 딱지 떼면…

너 같은 놈 한 번에 열은…

개소리…

빠박

텅

개소리?

퍽

퍽 퍽

그래, 너한테 열 놈 몫을 퍼부어 주마!

다른 팀원들도
데려올까요?

아니, 우선은
현장 보존하고…

이 살인범을
경계 구역 밖으로
옮기도록 하지.

예?

어서!

왜…?

슈 슉

턱

크흑…

제기랄!
두 번 다시 켱 딱지
떼고 싸우나
봐라.

점돌이…

두고 봐. 하데스
추적이 재개되면 아주
작살을 내놓겠어.

크으윽! 일단
부러진 팔부터
팀장한테…

슈 슈 슉

응?
여기 있다고?

틱

그래, 거기
눕혀.

?

퉁

!

......

슬쩍

분명 인기척이…

!

틱

엇! 발락…

뭐야, 이 자식이 여긴 왜…?

설마…

본 걸까?

!

크흐윽…

팟

크흑! 가츠 팀장… 어디요?

와서 나 좀 도와주쇼. 팔이…

어쩌다 팔까지 부러져서…

쪽팔려! 죽어도 말 못 해!

헛수작 부리면 바로 평면구속…

스윽

후우우… 다행이다. 못 봤군.

뭐야, 팀장! 왼팔에 핏자국이…

방금 보안국 놈에게 기습을…

뭐? 기습?

쉿! 아직 놈이 저 위에 있어.

......

59

아니, 이 친구들이 정말…

왜 자꾸 자리를 이탈하는 거야?

틱
틱

……

뭐야, 왜 안 받아?

틱
틱

……

무슨 일 있는지 자네가 확인해봐.

옛썰!

휙
휙

……

갑자기 이 녀석이 끼어드는 바람에…

아무래도 보안국 친구를 지금 깨워야 겠어.

꾹

……

!

응?

헉!

슈슈

!

어?

!

아…

뭐… 뭐야?

찰칵

그만 찍으라니까!

그만둬!

이봐!

찰칵

스응

퍽

욱!

칫

무슨 짓이야?

당신들하고 지금 싸우자는 게 아니야!

상식적으로 따져보자고!

지금 이게 말이 된다고 생각해?

계획적인 살인? 우리가? 뭐 때문에?

그걸 왜 우리에게 물어?

그럼 이 상황을 어떻게 설명할 건데?

쿵들끼리 충돌할 땐 자기방어나 견제 도중에

언제든 죽는 일이 일어날 수 있어!

하지만 너희가 한 일을 봐! 긴장이 풀린 틈을 노려서

상대를 꼼짝 못 하게 만들고는

뒤통수에 대고 방아쇠를 당겼어! 그것도 둘씩이나!

이게 자기방어야? 이게 견제냐고!

목적이… 명백한 살인이라고!

그 친구에게 다시 물어봐! 정확히 뭘 봤는지!

계속 좁혀 들고 있어!

누가 어떻게 좀 해봐! 이러다…

아, 이거 말이야.

살펴보니까 다행히 제거할 수 있겠더라고.

뭐? 어떻게?

아…

팀장, 나 좀 민감하거든.

닥쳐! 제기랄! 혼내준다! 당장 제거해!

타깃에 밀착해 손 떨기로 진동을 가하는 거지.

내 가속 능력으로 진동수를 더해가면…

타깃의 고유 진동수와 일치할 때가 와.

그 상태를 계속 유지하면 돼.

우우웅

!

이건 성악가의 목소리에 고유 진동수가 맞춰져

깨지는 유리잔 같은 거야.

팍

팟

아… 사라졌다!

당황할 것 없어.

사춘기 때 배우는 기초 물리…

……

그래, 그땐 이런 손 떨기를 자주…

......

......

지금
당황스럽다는
표정인 거지?

자기 기술에
관한 프라이드가
대단한 놈이라

그러고 보니
지금까지 기술 대결에서
상대에게 밀린 적이
없었다고 들었어.

본인의 절대
장기가 이렇게
허무하게 깨질 거라곤
예상 못 했을 거야.

지금 상당히
충격을 받은 것
같은데…

게다가
하이퍼 큉이라는
자존심…

기분…
정말 엿 같군!

뭐가 두려운 건지
가츠, 이 쥐새끼
꿍꿍이에

그것도 모자라
탈옥수 하나
잡는데…

보안국 똘마니한테
얻어터지다 팔까지
부러지고

맞장구나
치고 자빠졌고…

쾅
슈슉
먼저
종단 화학 단지와
생명공학 연구소…
타깃의 순서는
다음과 같아.
그다음은
교차공간이 있는
태궁…
마지막으로
태모 본궁!
뭐?
본궁까지?
아, 방문 일정
때문에 태모님께선
자릴 비우셔.
그러니 부담 갖지
않아도 돼.
대가는?
자유지. 임무가
끝나면 지하 클리닉을
통해 자유의 몸이
되라고.
그걸…
어떻게 믿지?
아무렴.
주교들이 자네를
한 번 쓰고
치우겠어?
……
뭐야?
본궁을 공격
하는 건
태모제 폐지를
외치는 원리주의
일당을 견제하는 게
목적이겠지만…
이해가 안 돼.
화학 단지, 생명공학
연구소, 태궁…
이것들이 뭐야?
대체 무슨 연관이
있는 거냐고?
태궁을 폐쇄할
거라는 소문이야
전부터 있었지.
나머지는 나도
자세히 몰라.
다만 자네의 임무가
새로운 종단 사업과
연관이 있다는
뉘앙스더군.

제기랄!

증인을 빼앗겼어!

경계 구역 밖에서 일어난 폭발이라

이곳은 이상 없습니다.

수고했어. 사령부에서 보낸 전사체 방어막이 이제 막 도착 했다는군.

팀원들에게 일어난 일에 대해선 차후에 다시 듣도록 하지.

이봐! 막스 팀장!

!

어서 훔쳐간 증인을 돌려줘!

당신이 한 짓이 종단에 어떤 문제를 일으킬지 알기나 해?

내 임무 수행엔 아무 문제 없어!

당신의 섣부른 판단이 일으킬 문제나 걱정해!

츠즈즈

전사체…

하아아… 이제야 여기 방어 임무에서 벗어나는군.

우웅

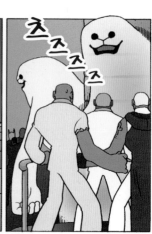

츠즈즈즈

교차공간 가드를 의뢰한 보안국 팀이죠?

네, 팀장 막스입니다.

여기 검은 사제들은…

우웃…

업무에 방해가 되고 있습니다.

접근을 막아 주세요.

으아아앗!

이제 곧 양측의 지원팀도 도착한다.

제기랄!

전사체의 교차공간 커버가 시작된 이상, 피차 하데스 검거에 집중!

그렇게 되면 이제 큰 그림은 물거품이야.

만일 지원팀이 올 때까지 움직이지 않는다면…

막스 팀이 밖으로 나와야 증인을 되찾을 수 있을 텐데.

에이, 쌍! 누구 때문에 내가 이런 등신 꼴인데?

!

이젠 쫓겨 나오기까지… 빌어먹을!

빠득

자존심 상해서 더 이상은 못 참아!

나야, 나! 발락이라고! 종단 광견, 발락!

콱

너, 이 여우새끼! 날 어쩌려고 이번 일에 끌어들인 건데? 응?

콰앙

75

뭐?

하데스가 아직도 그곳에?

태모의 방문 일정이 시작됐는데 뭘 하고 있는 거야?

서둘러 본궁에 테러를 가하지 않고?

그리고 도심지 폭발 이라니?

아, 하데스에게

자존심을 만회해야 할 일이 있었다는…

가츠 군의 보고입니다.

이것들이 지금… 그래, 가츠 군에게서 다른 이야긴?

아직은 없습니다.

……

애송이에게 내가 너무 큰 일을 맡겼나?

계획한 동선,

어긋나지 않게 하라고 단단히 일러!

……

!

설마 하데스 놈…

다른 꿍꿍이가…?

네?

도시 전체가 비상 사태야!

방공호 대피령이다! 여기서 당장 나가야 돼!

라… 라미야.

지금 대피령이…

서두르자, 애들아! 사람들이 한꺼번에 몰려들 거야!

언제 어디서 추가 폭발이 있을지 몰라!

여기…

도움이 필요합니다!

소방팀을 돕도록 해!

옛썰!

사제도 어서… 내 가드는 그만 하고

내 몸 하나 지키는 건 문제 없으니…

후비적

쫘

턱

왜 갑자기 의심의 눈초리로 코를 파?

촤악

와아아앗…

스으응

!

오드 아이, 다치지 않으려면 가만있어!

후우우…

!

우리 지원팀이다!

……

틱
틱
ㅋㅋㅇ

뭐야, 왜 가츠 팀장 연결이 안 돼?

뭐…?

사지가 뜯겨서?

발락! 이 자식…

오늘 이후…

퍽
퍽

내 이름만 들어도 오줌을 지리게 될 거야!

슈슈슈

!

퍽

크흑! 뭐야…

맙소사…

저런 미친놈이…

!

!

우웁!

마침 막스 팀장도 자리를 비웠으니

지휘 체계의 부재로 생긴 해프닝 정도로 둘러대면

문책을 피할 수 있어. 무엇보다 우리 요원이 이놈에게 당한 꼴을 봐.

우리가 대응하지 않으면 오히려 그게 문제가 될걸?

이렇게 하자고. 내 기술을 먼저 쓰게 되면 바로 출혈이 생길테니

우선 실컷 두들겨 패는 거야.

뭐가 어째? 이거 안 풀어?

이 보안국 떨거지들이 내 손에 죽으려고 환장을 했나?

......

그래, 테아르. 그렇게 하지.

응, 가드하던 팀장이 의무실로 옮겨져서…

이제 다음 임무를 수행 해야지.

지금 저 인간들한테 도움을 받기는 힘들 것 같고…

준, 네가 좀 와야겠다. 데바님께 말씀드리고…

퍽
팍
퍽
퍽

아, 올 때 총 한 자루만 구해 와.

네? 총요?

팀장!

가츠 팀…

빠
퍽
빠

슈슈슈

이봐, 거기! 그만두지 못해?

타다닥

환궁?

네, 주교님. 태모께서 모든 일정을 취소하시고 급히 궁으로…

뭐야, 갑자기 그게…

태궁 테러에 도심 폭발 소식까지 전해지면서…

지금 보안국, 감찰국 수장들 전원 소집됐다고 하네요.

아무래도 피해 상황이 커져서…

치잇! 하데스가 너무 설친 탓에…

역시… 본궁 테러까지는 무리였나?

하데스는?

다행히 본궁엔 아직…

어떻게 할까요?

어쩌긴! 재활용 해야지!

가츠 군에게 상황 얘기하고 놈을 바로 잡아들이라고 전해.

탈옥 프로젝트는 이것으로 마무리 해야겠어!

맙소사…

이게 지금…

양쪽 모두 충돌을 제지할 사람이 없었던 거야?

뭐야, 발락! 왜 갑자기 나까지 평면구속을 한 거야?

상황이 이 지경에 이른 건…

예…! 다 내 탓이오!

보안국 증인을 당신이 가졌으니

놈들의 공격이 전부 당신한테 집중될 터!

부하로서 팀장을 가드하는 일에도 한계는 있지.

가장 확실한 방법이라고 판단한 내 실수였어.

어쩔 거야? 이미 터진 일! 아, 어서 내 팔이나…

스승

……

그래, 가드지.

혼란을 틈타 네놈이 언제 내 뒤통수를 노릴지 모르니까 말이야.

이 빌어먹을 여우 놈아.

!

CALL

헉 헉

……

슈슉

!

옛썰!

어쭈!

총 안 내려놔?

보안국 요원 이리 넘겨!

!

이봐, 사제! 그 총 치워!

즈즈즈

퍽

촛

가속 모드인 이상, 너희보다 무조건 빨라. 어서 내놔.

안 주면 바로 쏴버린다.

이 자식…!

슈슈

!

콱

슈슈

!

빠

콱악

가속 모드라 너희 움직임…

전부 보인다니까.

빠각

크아악…!

거기 원숭이!

촛

콱

막스 팀장에게서 빼앗은

보안국 요원 넘겨.

치잇!

&$#@…

백발 중놈이 완전히 맛이 갔군.

감히 총으로 검은 사제들을 협박해?

옛다!

이건 팔다리!

툭

툭

텅

슈숙

훠

역시 검은 사제라 좀 하네.

간만에 상대를 만났어.

어디, 제대로 붙어보자고!

쫘악

볼일 끝나서 갈 건데…

아, 찢기 전에 말했어야지!

명심할게. 갑시다, 응?

통

통

뭇시엘!

크흑…! 저것들이 우릴 완전히…

스승

여기 이거…

숙

당장 수송선 보관함에 두고 와.

고마워, 발락 군. 덕분에 보안국 증인을 확보할 수 있었어.

그 사제들 진짜 총을 들고 다시 오겠군.

상황이 더 꼬이기 전에

바로 하데스를 붙잡아 복귀하도록 하지.

95

예, 태모님 환궁 이후

현장 인원들이 하데스 체포에 집중하도록

방문 행사에 참여했던 보안국 경호 인력들을 둘로 나눴습니다.

한쪽은 태궁 경계 및 도심지 피해 복구,

나머지는 하데스가 만든 주사위 폭탄 수거에…

막스 군이 교신 중에 통제 불능 상태라는 표현을 썼어.

설마 부상당한 팀장의 부재로 현장에서 감찰국과 무차별 충돌을…?

……

…그래서 본궁 접근은 멈추라고?

젠장! 내가 너무 요란했나? 태모의 환궁이라니.

이럼 이거… 나만 지금 중간에 붕 떠버렸잖아.

흥! 뭐 어차피…

틱

!

휘청

탁

뭐야, 왜 갑자기… 머리가 핑 돌지?

감찰국 감옥에서 네 머릿속에 박아 놓은 제어기…

우읍…! 토할 것 같아…

투득

…그래!

이제 곧 전신 마비 증상이…

터 엉

굿모닝!

%@$#&…

&%>$#!!

@!#@)$!!

후우우…

이게 마지막 주사위지?

예, 선배.

……

……

아, 속보예요. 태궁, 도심 폭발 테러범이 엊저녁에 붙잡혔답니다.

!

감찰국으로 압송돼 지금 감금 중 이라네요.

도시 내 폭발물 제거도 모두 끝났다고 하고…

하아… 다행이다.

그럼 이제…

이르면 오늘 오후엔 귀가 조치가…

와아아아…

집에 간다. 만세!

……

……

……

……

%.$#@*&

*%$#@>%$!

예… 예,
알겠습니다.

@$&#%$!!!

팟

OFF

틱

아, 시…
실장님…!

야! 이… @#+&
@+$$@%!$!!!

%$*X&XX
@XSX&%$#!!!

죄… 죄송합니다.
면목없습니다.

&$@#X+&
@+X@X%!$!!

오…

수고했어.
완성도 높은 좋은
그림이야.

이 그림들
가격 떨어지지
않게

역시… 내가
사람 보는 눈이
있군.

디테일한
끝마무리 부탁해.

이 정도면
보안국 해체 이슈를

종단 사령부의
주요 의제로 만들 수가
있겠어!

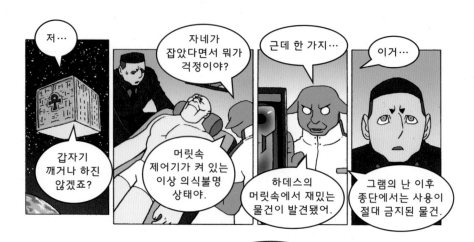

......

앞으로는
수업에 안 빠질 테니

다시
받아주시오,
선생!

얘기했잖아.
너 같은 꼴통까지
챙겨줄

그런
아량 같은 건
없다니까.

무슨 일이 있어도
두 번 다시 이곳에선

말썽 피우지
않겠습니다.

아니,
그런 말 소용
없…

뭐야, 너…!
대체 무슨
꿍꿍인데?

왜 갑자기
성실해지려는
거냐고?

빠
득

!

…발락 선배?

교관 앞에서
무릎을 꿇고 있어…?
말도 안 돼!

탈옥수 잡으러
나갔다 왔다더니…
머리라도
다친 거야?

두 번 다시
겪고 싶지 않은
꼴을 당해서…

더 이상은…
말씀드릴 수
없습니다.

그럼 이제 더 이상…

내 퀑 기술은 쓸 수 없게 된 거요?

아…

그… 그렇다네.

자네같은 제3종 퀑의 경우는

퀑 기술이 발현되는 신체기관이 훼손되면

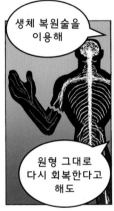

생체 복원술을 이용해

원형 그대로 다시 회복한다고 해도

퀑의 능력까지 복구되진 않아.

그건 자네도 잘 알고 있지 않은가?

……

너무 상심 말게.

턱

부스터건 같은 걸 달면

자네가 쓰던 기술과 비슷한 효과를 낼 수 있으니까…

그럼 보안국 일은… 계속 할 수 있게 될 거야.

아!

미… 미안하네. 내가 쓸데없는 소릴…

미쳤어! 미쳐…

이것들이 하데스를 재활용 하려는 거야.

그건 카누 주교의 오만이라고.

이러다 늦은 여우들한테 당하지.

쓰고 난 일회용품은 버릴 것이지…

감찰국 가츠 군이 적당한 그림을 만들어 온 것 같더군.

그래, 자기의 소문난 강아지는 하데스에겐 역부족인 거야?

하데스 제거에 관해서는 감찰국 움직임에 맞추라는 주문이 있어서…

태모님의 환궁에 모두들 당황했을 테니…

흠… 그래, 믿어보지.

좋아, 아그네스. 그럼 임무를 계속 수행하게 해.

어차피 혼자서 감찰국에 뛰어들어

하데스를 처치하는 건 불가능해. 시도만큼은

그 노인네들에게 보내는 경고의 메시지로 충분할 거야. 미안, 자기 강아지에겐… 뭇시엘!

예?

데바님 뵙지도 않고 가려고요?

아직 일이 덜 끝나서…

그럼 뭐하러 여기까지 온 거람?

하데스가 갑자기 감찰국으로 이송되는 바람에

준비가 필요했어.

장비, 복장에 변장…

종단 내 새 ID카드…

!

뭐예요? 자폭 캡슐은 왜 가져가는데?

데바님과 연계된 사실이 알려지면 안 돼.

감찰국 놈들에게 붙잡히면 바로 쓸 거야.

푸하하… 사형, 혼자 감찰국 돌파라도 하겠다는 거야?

!

미… 미쳤어?

하데스를 치워야 돼. 데바님 명령이야.

……

기다려요! 사형들 불러올 테니 같이 갑시다!

애들한테 얘기하지 마. 개인 미션이야.

아그네스 데바님이 이번 일로 종단의 시선을 받게 되면 곤란하지.

우린 그분을 지키는 수호 사제라고, 멍청아!

사형…

……

만일 내가 돌아오지 않거든

내 사물함…

네가 써.

애기 들었어?

지금 종단 사령부가 발칵 뒤집혔대!

왜? 무슨 일로?

탈옥수 때문에 보안국과 감찰국 사이에 충돌이 있었는데…

…뭐라? 어째서 그런 일이?

사령부에서 직접 조사에 나서겠다고…

보안국 요원이?

으응!

미쳤나봐…

아무리 두 조직이 앙숙 이라지만

종단 식구들끼리 어떻게 그런…

종단 내 우위를 차지하려는 과열 경쟁,

경쟁을 넘어선 극한 대립!

도를 넘는 보안국의 오만방자함.

기껏해야 종단 실세들의 하수인 주제에…

썩은 엘리트 집단처럼 답 안 나오는 곳이 또 있을까?

보안국 같은 건… 해체돼야 해.

오케이!

새로 이식된 제어용 식별칩은

오작동이 거의 없어.

지난번처럼 감찰국의 통제를 벗어나는 일은 없을 거야.

그나저나 하데스, 저 친구에 대해서 종단 사령부는

이번에 어떤 결정을 내리게 될까요?

글쎄…

어쩌면 이곳에 갇힌 채 생을 마감하게 될지도…

106

거기가 어디라고 혼자서…

당신 사물함, 내가 쓰게 될 게 뻔하잖아!

……

뭐 어차피…

데바님 덕에 덤으로 살고 있었는걸.

내가… 이 장난감만 가져가지 않았어도

사형 혼자서 감찰국에 침투할 일은 없었던 거였어!

제기랄! 사안이 이렇게 진지할 줄은…

탕

사형이랑 평소에 장난을 정도껏 쳐왔어야지…

한 번도 이렇게까지 심각한 적은 없었단 말이야!

……

……

…네, 데바님!

임무 마치고 반드시…

무사 귀환 하세요!

음…

임무는…

반드시 완수하겠습니다.

후우우…

도대체 당신들 언제까지 날 이곳에 붙들어 놓을 건데?

남은 치료는 보안국에서 받을 거라니까…

보안국 요원을 납치한 사실이 종단 사령부에 알려지면

당신들 무사할 것 같아?

젠장! 어서 날 돌려 보내달라고!

당신들 도시락 정말 최악이란 말이야!

그러니까…

투사된 당신 부하의 기억 이미지에

보안국에선 어떤 이의가 있단 말입니까?

누가 봐도 상황은 명료해 보이지 않나요?

감찰국이 제시한 증거를

일방적이라고 말하는 근거가 무엇인가요?

살인자로 지목된 저 친구는 행성 고트의 엘리트입니다.

저희가 제출한 근무 평가서의 기록대로

대단히 논리적이고 이성적인 요원이었습니다.

아, 똑똑한 친구라 혼란한 틈을 이용했던 거군요. 막스 팀장!

개인의 인성이나 근무 성적이 지금 이 사안과 무슨 관계가 있습니까?

어차피 요원들은 상부의 명령을 따를 뿐 아닙니까?

그게 우리 요원이 감찰 대원을 쏜 장면입니까?

어디까지나 추정되는 단서일 뿐이죠.

반복해서 보면 살인 후 정황이라 하기엔 다소 어색합니다.

마치 감찰국에서 어떤 의도를 가지고

자신들에게 필요한 그림을 얻기 위해 납치까지 해가면서

우리 요원의 기억 일부를 투사해 이용한다는 거죠.

지금 그게 무슨…

그래서?

보안국 측의 요구가 무엇입니까?

사건 정황의 의구심을 확실하게 떨쳐낼…

조작되지 않은 선명히 투사된 이미지!

우리 요청을 일방적으로 거부하는 감찰국에 요구합니다.

현장에서 살인을 목격했다는 이 두 사람!

이… 이 자식!

그들의 기억도 투사해 공개해 주십시오!

그… 그런 억지가…

아, 잠깐!

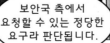

보안국 측에서 요청할 수 있는 정당한 요구라 판단됩니다.

여기 투사된 이미지에 등장하는 감찰국의 두 사람…

기억을 투사해 제출하세요!

……

내 기억을 투사하겠다고?

사령부의 명령이야. 그래서 말인데 혹시 모를 상황에 대비해

문제가 될 만한 기억 이미지가 있는지 사전에 확인…

나야 문제될 게 없다만…

가츠 놈…

아니, 잠깐.

이놈을 어떻게 믿어?

가츠에게 추가 임무를 받았을지도…

내가 뭘 봤는지 녀석이 알게 되면

날 가만둘 리 없어.

감찰국 내 자신의 심복들을 총동원하겠지.

무엇보다 이번 일에 어떤 배후와 가츠가 연계돼 있는지 모른다.

아, 발락 군. 선택을 고민할 상황이 아니야.

무조건 따라야 하는 상부의 지시라고.

좋아, 그렇게 하지.

대신 조건이 있어.

아무렴! 자네의 가치가 이 정도겠어?

그랬다면 체포되지 않고 현장에서 바로 처리 됐겠지. 안 그래?

분명히 재활용 하겠다고 하셨으니 마음 편히 있어.

당장은 종단 내부가 소란스러워 우리가 자네한테 신경 써주긴 힘들 거 같아.

그래도 믿고 기다려줘.

흥! 믿고 기다리라고? 이곳에 갇힌 이상

누군가 버튼 하나만 누르면 난 끝이야.

이번 일로 내 존재를 껄끄러워할 놈들이 잘도 그런 개소리를…

소란스러워 신경 써주기 힘들단 얘기는 그 틈을 이용해

날 처리하겠단 거겠지? 조만간?

한시라도 빨리 이곳에서 나가야…

크흑…!

기분 나빠, 이 두통…

이 많은 사람들 앞이라면

기억 투사에 응하겠다고?

발락 놈, 대체 무슨 의도야? 설마…

!

여어, 발락 군. 긴장해 보이는걸.

맘편히 해. 그리 오래 걸리지 않을 테니.

그래, 오래 걸리지 않을 거야.

종단 우두머리 몇 놈에게 과잉 충성하느라

부하의 뒤통수를 거리낌 없이 날려버리는 이 여우새끼…!

남들 가두던 곳에 네가 갇히는 데 그리 오래 걸리지 않을 거야.

뒤통수… 제대로 한 방 먹어봐라!

……

응, 사령부의 조사가 끝난 뒤

결과에 관계없이 대주교들까지 전부 소집한다더군.

그럼…

그래, 보안국과 감찰국의 유혈 충돌이 오히려 상황에 도움이 된 것 같아.

잘됐어!

이번 기회에 종단 내 원리파와 개혁파가 시원하게 한판 붙는 거야!

뭔가… 우리가 원하는 결말이 날 것 같은…

가츠 군의 그림이 결정적인 역할을 한 거지.

쳇!

왜 기억 투사에 저런 외부인까지 끌어들인 거람?

게다가 이 많은 사람들 앞에서? 그게 조건이야?

난 스너프 필름 같은 거 질색이란 말이야!

푸하하하…

뭐야, 그걸 정말 잘라버린 거야?

오, 이런 맙소사! 팔다리를 찢어놓고는…

이것 때문에 보안국이랑 유혈 충돌을…

크윽! 저런 미친…

정말 미친개라니까.

저런 만행들을 이렇게 여과없이

공개적으로 투사해도 되는 거야?

투사자가 먼저 기억들을 읽고

간추린 이미지들만 투사해 보여준다지만…

우웅

츠즈즈

……

!

멈칫

!

뭐야?

왜 일어나?

OFF

계속해!
한창 재밌어
지려는데…

당신은 여기까지!

뭐…?

뭐… 뭐야?

……

……

사령부에서
파견된 놈이 왜
가츠에게…
설마…

이번 일의
배후에 종단 사령부도
연관돼 있는 거야?

!

……

발락…

흥! 요놈 보게…

날 물로
봤다 이거지?

113

…그래?

그래서?

개혁파 쪽에선 사령부의 조사 결과와는 상관없이

보안국 해체 이슈를 들고 나올 거라는 거야.

이거야 원…

대체 누가 상황을 이 지경으로 몰고 간 거야?

지금 무슨 말을 하고 싶은 건데?

그게 내 책임이라는 거야?

데바님, 뜻밖의 상황입니다.

엄하게도 종단 수뇌부의 시선이 우리 쪽으로 쏠리고 있습니다.

지금 제 입장이 무척 난처한…

너무 걱정 마세요, 아버지.

공작님께는 잘 말씀드릴게요.

향후 종단에서 어떤 결정을 내리든

아버지는 제가 지킬 거예요.

……

이제 날 어쩔 거요?

애초에 왜 현장을 보고도 말하지 않았던 거야?

그거면 날 자네 마음대로 쥐고 흔들 수 있을 거라 생각했던 거지?

아무렴. 내가 사전에 그 정도 준비도 없었을까봐?

114

천만에! 당신이 무슨 짓을 하든 내게 피해만 없었다면

나와는 상관없는 일이었어.

그럼 조용히 혼자 안고 있었어야지.

그 많은 대원들 앞에서 까발리려고 했잖아.

이봐! 내 입장도 생각하라고!

기억투사 지시에 어떤 명령이 추가 됐을지 내가 어떻게 알아?

벌떡

내 몸을 지키려는 최소한의 자기방어 였다고!

당신 같았으면 나처럼 안 했을까?

……

쪼록

……

제기랄… 빌어먹을!

살려줘!

응?

살려달라고! 이 감찰국 큐브 안에서 개죽음당하기 싫단 말이야!

난 당신한테 어떤 감정도 없었어! 우연한 목격…

어쩔 줄 몰라 입을 다물고 있었을 뿐이야!

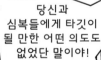
당신과 심복들에게 타깃이 될 만한 어떤 의도도 없었단 말이야!

종단 사령부에까지 줄이 닿아 있는 줄은 정말 몰랐다고!

콱

나 엄청 착한 거 잘 알잖아!

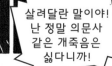
살려줘!

살려달란 말이야! 난 정말 의문사 같은 개죽음은 싫다니까!

…좋아!

대신 조건이 있어, 발락 군!

메이헨!

메이헨!

메이헨!

네, 공작님.

이게 뭐야? 왜 나의 아그네스가 1시간째 응답이 없는 거야?

서… 설마 내 천사에게 무슨 변고라도?

아… 안 돼! 그녀 없이는 난 살 수 없어!

역시 그녀의 고집을 무시하고

백경대에게 호위를 맡겨야 했나?

내가 제정신이 아니었던 거야.

내 여신을 고작 수호 사제 몇에게 맡기다니…

지금 당장…

고… 공작님!

지금 아그네스 데바는 잠들어 있을 시간이라고요!

응?

공작님께서는 취침 인사 받으신 지 2시간도 채 안 됐거든요!

그… 그랬나? 이상하네…

한나절은 더 된 것 같은데…

쳇! 이게 다 융통성 없는 원리파 꼰대들 때문이야!

……

탕

내 데바에게까지 피정 의무라니…

패트론도 급이 있거늘! 이 중놈들이 날 뭘로 보고…

종단의 운명 운운하면서 내게 도움을 청할 땐 언제고…

이번 기회에 이 늙은이들의 남은 이빨을 모조리…

폐기물 청소
용역입니다.

진입 허가
바랍니다.

예, 잠시만요.

신원 확인이랑
우주선 스캔
끝내고요.

작업
계획표야.

자기 할당량
충분히 숙지하도록!

그리고 신입!
자네는 내 보조니까

나만 졸졸
따라다니면 돼.

예!

！

……

이봐요,
거기!

멈칫

……

눈매가 많이
익숙한데…

쓰고 있는
캡슐 좀 잠깐
벗어봐요!

응? 어서요.

······

치익

!

······

아, 긴장성 안면 장애랍니다.

틱

틱

여기 신원 증명···

······

!

아, 알겠습니다. 수고하세요.

발락 선배!

기억 투사가 도중에 중단 됐다던데···

사령부 조사원에게 무슨 일이 있었던 겁니까?

이봐, 이봐!

취조하듯 묻지 마. 그렇게 궁금하면 직접 물어보라고!

······

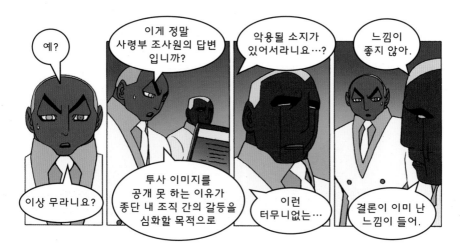

예?

이상 무라니요?

이게 정말 사령부 조사원의 답변 입니까?

투사 이미지를 공개 못 하는 이유가 종단 내 조직 간의 갈등을 심화할 목적으로

악용될 소지가 있어서라니요…?

이런 터무니없는…

느낌이 좋지 않아.

결론이 이미 난 느낌이 들어.

종단의 윗선에서 내려진 결말에 맞춰

지금 상황들이 전개되는 게 아닐까 싶은.

결말요?

개혁파가 주장하는 보안국 해체 말이야.

그나마 원리파 대주교들이 회의에서 목소리를 낸다 해도

두 조직을 통폐합 시키거나

보안국을 감찰국에 귀속시키려는…

……

아무래도 이상해.

자신의 기억 투사를 동료들에게 공개 하려 했잖아.

자신의 만행 들이 까발려질 텐데…

무슨 이득이 된다고 그런 제스처를?

마치… 감찰국 내의 누군가를 압박하거나 제어하려는…

!

잠깐, 아까 그 긴장성 안면 장애라는 이상한 얼굴…

그건 근육 제어기를 사용해도 나타나는 부자연스러움!

......

이거야 원…
나, 왜 이렇게 날이
서있는 거야?

아무렴 감찰국
통관 절차가 그렇게
만만할까…

종단 사령부의
시선이 집중돼 있는
마당에

감히 누가
무슨 일을 꾸미겠어.

지금 정말
신경을 써야 할 건
바로 발락!

사령부 조사원의
행동도 마음에 걸려.
뭔가 분명히…

크흑…!

대신 조건이
있어, 발락 군!

제길, 가츠 놈!
그게 조건이야?
협박이지!

......

그래,
감찰국 큐브 안에서
개죽음을 피하려면
어쩔 수 없어!

훽

정신 집중!

저런…

발락이란 놈에게
현장을 들켰다고?

그럼 당장
치워야 하는 거
아니야?

심려를 끼쳐드려
정말 죄송합니다.

이 시점에서
종단 이슈메이커가
죽게 되면

스쳐 지나갈
껄끄러운 사안을
다시 환기시킬
뿐입니다.

무엇보다
상황 판단 능력은
충분히 있는
녀석입니다.

제가 그린 그림에
오점이 되지 않도록
분명히 하겠습니다.

뭐?

발락의 기억을 몰래 투사해 달라고?

예, 선배.

제정신이야? 감찰부장의 승인없이 그런 짓 했다간 바로 영창이야.

겨우 네 궁금점 하나 때문에?

쓸데없는 호기심 버려.

태모님의 명령이라면요?

P.C

그게 무슨 개소리야?

종안부… 종단 안전 관리부에 대해 알고 계시죠?

태모님의 기밀 직속 보안팀?

종단 내 태모령 최고의 집행 부서…

종단 각 조직에 두서너 명씩은 꼭 박혀 있다지?

왜? 네가 종안부 요원이라도 돼?

프하하하… 그걸 어떻게 입증할 건데?

종안부 신원 확인증이라도 있는 거야?

5분 내로 감찰부장을 직위 해제 시켜볼까요?

아니면 선배를 당장 무간도 가이아로 추방할까요?

종안부의 지시는

곧 태모님의 명!

당장 발락의 기억을 투사해요!

내 두 눈으로 똑똑히 볼 수 있게!

대기권에 진입합니다.

......

이제 곧 무간도 가이아의

......

무슨 소리야?

무간도 가이아라니?

자네가 거길 왜 가?

몸이 전과 같지 않아도 보안국에서 일하는 데는

아무 지장 없으니까 쓸데 없는…

아닙니다, 실장님!

이곳에서 더 있는다고 해도

결국은 최고 요원 몇 사람을 제외하면 모두

종단 내 어느 조직의 관리자로 살아야 하지 않습니까?

예상보다 그 시기가 앞당겨진 거라 생각합니다.

다소 아쉬움이 없진 않지만

보안국 요원으로 충분히 지냈습니다.

행성 가이아의 관리국으로 가고 싶습니다.

도와주십쇼.

왜 하필 거기야?

나중에 종단 내 진급에도 영향을 줄 수 있어.

지위 욕심 없습니다.

여기저기 옮겨다니는 거 그다지 내키지 않습니다.

보안국 요원들 대부분이 가기를 꺼리는 곳이니까

별다른 참견 없이 오래 있을 수도 있고요.

......

흠! 흠!

가이아 관리국에 지원하신 이유를 여쭤봐도 될까요?

저기… 실례가 안 된다면

보안국의 엘리트께서 이런 곳에 오는 경우는 극히 드문 일이라…

……

아냐.

아, 죄송합니다. 제가 주제넘게…

얘기해줄게.

조만간 보안국 체제에 반갑지 않은 변화가 생길 것 같아.

더 이상 큉 능력을 쓸 수 없는 난

종단의 천덕꾸러기로 전락, 여기저기 뺑뺑이 돌려질 거야.

기분 정말 더럽겠지.

그럴 바엔

내 의지로 선택하고 싶었거든.

큉 능력을 상실한 내가

택할 수 있는 곳이 많지 않더라고.

그러다 문득 종단 내 모든 골칫 덩어리들이

마지막에 오게 되는 이곳, 무간도 가이아!

죽지만 않는다면 언젠가 결국 이곳에 오게 될 누군가가 떠오른 거야.

그땐… 놈을 관리자의 입장에서 다시 만나 보고 싶더라고!

우리 관리국에 보안국 출신이 있었나요?

한둘 있지 않았을까?

처음이지 싶다.

보안국에서 무슨 사고를 치고 여기까지 쫓겨온 거래요?

자원했다던데…

자원? 아하! 우리 국장님처럼 교복에 남다른 취향이라도…

타인의 취향을 존중하자고.

온다!

천천히! 앞사람과 간격 유지해!

뭐야…

수형자 호송선도 와 있었네.

그만 좀 끌고 오지… 행성이 넘쳐나겠어.

반갑습니다.

어서 오…

아, 뭐야!

!

소용없어!

타 딱

참 희한해요. 매번 저런 애들이 꼭 한두 명은…

그러게.

소용 있고 없고는 내가 판단해!

날 다시 잡으려면 애 좀 먹을걸!

……

글쎄…

이게 정말 그 정도의 가치가 있다고는…

알았어. 주변에 좀 더 알아보도록 하지.

다음 달에 다시 오게나.

물건은 두고 가고…

다음 분, 들어오세요!

쳇! 소문대로군.

설마 적당히 드시겠다는 건 아니겠지?

그래, 자네는 뭘…

!

이봐! 입구에서 별다른 얘기가 없던가?

난 자신의 얼굴을 가리는 녀석들과는 거래하지 않아.

죄송합니다.

보시기 불편하실까봐…

……

그래, 상대를 배려하는 태도는 마음에 들어.

뭘 가지고 왔나?

조슈아의 눈을 가지고 왔습니다.

슈슈슈

슈슈슈

지금 내 백경대
경호원들이

등장하는 게 당연한
그것 말인가?

네, 공작님.

그게 그렇게
이리저리 들고 다닐
물건이 아닐 텐데?

슥

투둑

슉 슉

……

나머지 하나는?

물론 제가
가지고 있습니다.

거래하고
싶은 게 뭐야?

북경대국의
짚나이트 거래
독점권입니다.

이봐!
훔친 물건을
지나치게 비싸게
팔려고 하는군.

이름이 뭔가?

행성 우라노의
백작, 엘 리뉴
아르케딜라마 누브레
소셰키아스라고
하옵니다.

일상에선 보통
엘이라고 불리지요.

엘…

그래, 엘.
자네는 이 물건에
지나친 기대를 하고
있는 것 같군.

아무렴
공작님의 기대치만
하겠습니까?

탕

!

이런 건방진
친구를 봤나…

이따위
눈깔사탕이
뭐라고…

주워들은
근거 없는 헛소리가
자네를 위험에
빠뜨렸어.

그 자식들
지하 감옥에
처넣어!

듣자하니 그 사이비
교단에서

최근에
군수업체 하나를
인수한다던데

이 물건이라면
거기 대주주로 참여
하실 수 있을
겁니다.

뭐 해? 당장
처넣으라니까!

그렇게 되면
공작님은 제8우주의
실질적인 주인이
되실 텐데요.

제가
공작님의 충실한
개가 돼…

슈슈슉

그래, 나와
거래하려면…

저 정도의
준비는 있어야
하는 거지.

저 녀석
마음에 드는걸.

저 친구에 대해 철저히 조사해봐.

물건이 깨질 때 동요가 심하지 않은 걸 보니

본인이 물건의 가치를 정확히 알고 있는 건 아냐.

측근 중에 꽤나 쓸만한 녀석이 있는 것 같아.

츠으으

......

이… 이거 정말 미안하게 됐군.

아, 하즈 녀석이 시키는 대로 했을 뿐이라서 말이야.

난 정말 이런 곳까지 올 생각은 전혀 없었거든.

......

우리 원망은 그 녀석에게 하자고.

공작이 나와 바로 거래할 거라며 꼬드겨서…

아무튼 이번 일 나와 함께 해줘서 정말 고맙네.

말할수록 점점 더 미안해지는걸…

괘… 괜찮습니다, 백작님!

저희를 거두어주셔서 늘 감사한걸요.

제게 원망 같은 건 있을 수 없습니다.

만일 우리가 이곳에서 살아 나간다면

자네와 형제들, 그리고 가족들은 내가 끝까지 돌봐줄게.

참, 아들 이름이 뭐랬지?

다이크!

다이크 휴빙입니다.

……

!

이런, 불러준 본명만으로는

당연히 우리가 알 수 없었지.

탁

어쩐지… 교단 최고위층들만이 알 수 있는

그런 고급 정보를…

뭐?

슈슉

!

아, 이런 겸손한 친구를 봤나…

뭐야, 왜 자신을 소패왕이라고 밝히지 않은 거야?

다… 당치 않습니다.

감히 공작님 앞에서 그런 무례한 별명을…

어떤가? 자네와 술 한잔 하고 싶은데…

아…

공작님께서 술을 권하시는 경우에 대해 들었습니다.

무한한 영광입니다.

자, 내 무례함에 대한 보상으로

턱

자네에게 주는 선물이야.

페드릭이라고 내가 가장 신뢰하는 백경대 경호원 중 하나지.

지금 이 순간부터는 소패왕의 심복!

자책이 심해지고
있어.

학교에선
밥도 먹는 둥
마는 둥…

라미도
많이 힘들겠지만…

……

누나의
감정 봇을 확인
하며 계속…

이러다 조만간
탈이 나지 싶어.

끌어안고 또
열심히 살아가야
하잖아…

135

소이 많이
보고 싶지?

누나도 그래…

하아
하아
하아
하아

좋아, 이번엔 정말 진지하게 배우려는 것 같군.

잠시 쉬었다 하지.

쉬는 건 내가 쓰러질 때 합시다!

한번 했다 하면 끝까지 달라붙는

그 근성 만큼은…

틱

정말 마음에 들어.

꽈악

끄륵…

그래, 이제 좀…

쉬도록 하라고.

털썩

후우우…

고마워.

대체 뭘 하려고 내게 이런 부탁을 한 거야?

그러게 말이야. 뭐 나야 시키는 대로 할 뿐이지.

누가? 자네한테 뭘 시켜?

답할 수 있는 질문이 아니네요.

스응

이 친구의 기억 중에 확인할 부분이 있다고 해서…

139

뭐… 뭔가? 이게…

하데스 추격에 참여했던

발락 대원이 목격한 장면입니다.

사령부의 조사 행태에 의심을 품고

개인적으로 조사한 결과입니다.

어떻게 이런 일이…

이 사실을 누가 또 알고 있나?

현재 발락 군의 기억을 투사한 대원과 저,

그렇게 둘뿐입니다.

그래, 태모님의 이름으로 명하니

두 사람 입단속 확실히 하도록.

네, 알겠습니다!

여파가 대단하겠어. 내가 직접 처리하지.

아… 네, 주교님!

나, 종안부의 책임자가 말이야.

수고했어.

이거야 원…

이 사실이 종단에 알려지면…

감찰국은 완전히 뒤집힐 거야.

!

……

대체 저 자식…

그런…

보안국 해체 이슈에 힘을 싣게 하려고…

대체 누구의 사주야?

……

아니면 누군가에게 과잉 충성하느라…

이유가 어떻든 부하의 뒤통수를 그렇게…

……

폐기물 처리 업체의 연료봉 교체 작업 중에 환기 시스템이

오작동한 우발적인 사고로 모두 질식사 처리 하겠습니다.

이런 일이 또 있지 말란 법 없지.

네, 주교님.

그 녀석 말이야… 종단 이슈메이커!

당장 치워버려!

기쁨

슬픔

......

ZZZ…

이따 봐!

......

라미야! 이거
제이 녀석에게
전해주련?

이거라도 먹고
힘내라고…

그렇게 밝던
녀석이

요즘 통…

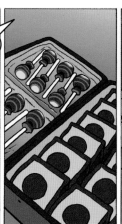

맙소사…
질식사라니?

환기 시스템
오작동이었대.

연료봉 교체
작업 중에 일어난
일이라고…

!

뭐

질식사?
당신 짓이지?

자신의 기억이
투사된 건 알고 있나?

투사? 말도 안 돼!
누구도 내 몸에 손댄 적
없다고!

그거야 본인
바람이고…

자네를 처리하라는
지시가 있었어.

뭐…? 대체
당신 배후가
누군데?

설마 그런 질문에
내가 답하려고?

난 건들지
않기로 했잖아!

그래서 지금
자네를 만나고
있는 거야.

지시를 거둬들일
건수가 필요해.

해서 말인데
내가 전에 얘기
했던 조건…

……

146

츠츠츠

자, 모두 힘내!
여기만 치우면
일은 끝나!

츠츠

칫

!

츠즈

츠

찾았다.

!

팅

네?

아, 사장님.

감찰국 안에서
질식사 사고가
있었어요.

그것도 둘씩이나.

연료봉 교체
작업 중에 환기
시스템 에러가
났다네요.

예?

직원분들
전원 잠시 간단한
취조가 있을
테니까…

……

치잇…
제기랄!

147

......

반가웠어, 친구.
우리 또 보자고.

종단 측과
거래한 결과는

엘 군에게
제일 먼저 통보
하도록 하지.

물론 만족스러운
결과를 내가 얻는다
해도

자네 요구를
들어줄 수는 없어.

현실적으로
불가능해.

기존의
이해관계들이
얽혀 있어서
말이야.

자기들 밥그릇
뺏기는데 가만히
있겠어?

무엇보다 독점은
결국 미친 짓이야.

혼자 다 처먹으려다
한 방에 훅 가게 돼.

아무렴
우리 엘 군이 진심으로
독점권을 원했겠어?

어디까지나 거래를
위한 한 수였잖아.
그치?

그래서 말인데…
한 가지는

내 분명히
약속하지.

앞으로는
더 이상 그 누구도
자네를 소패왕이라
부르지 않을
거야.

예상 못 했던
주변의 견제가 시작되고
지금보다 잠들기가
어려워질 테지.

부디 그 시간들을
잘 견뎌내길 바라.

공식적으로
군을 응원해줄 수는
없어.

허나
자네에 대한
내 시선은 함부로
거두지 않겠어.

내 말 뜻…
알아듣겠나?

행성
우라노의 패왕,
엘!

충성을 다하겠습니다.

푸흐하하… 반응이 명료해서 좋군. 좋아, 그만 가보게.

공작님, 아그네스…

!

오… 나의 판타스틱 베이비!

아침 문안 올립니다, 공작님.

우리 자기… 언제 올 건데? 나 미치겠다고.

뽀뽀, 응? 쪽! 쪽! 쪽!

어제 과음하신 건 아니죠?

아무렴! 누구와 한 약속인데?

아, 메이헨에게 들었는데…

공작님께서 생각이 조금 바뀌셨다고…

생각이 바뀌다니? 아그네스를 향한 내 마음은

일편단심 민들레라고. 다만…

그런 날 위해 자기가 반드시 지켜야 할 일이 있어.

남은 피정 기간 중에 태궁 방문 금지!

그… 그럼…

하데스 처리 임무에서도 손을 떼도록.

아직 그놈이 처리해야 할 일이 남아 있어서 말이야.

감찰국에 있는 내 충견에게

이미 새로운 명령을 내렸어. 우리 베이비, 잘 알겠지?

……

149

오케이!

......

다음!

마찬가지!
개인 네트워크
열어놓고 취조실로
들어가세요.

조사 중이라
전화 못 받아요.

아, 이따가
하세요. 자꾸 화면
가리지 말고…

......

아,
연결이 안 돼.

자, 오늘의
피정이 시작됩니다.
모두들…

......

사제님이
하데스를 처치하기
전에 어서…

우선 문자
메시지로라도…

뭐야, 감찰국 폐기물 처리가 안방 청소야?

이 용역 업체가 배가 부를 대로 불렀군.

〈급〉
청소 중단하고
복귀하세요.

……

중단하고
복귀하라니?

그래, 어디…

내년에도 당신들이 여기 일을 맡게 될지…

!

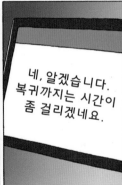

네, 알겠습니다.
복귀까지는 시간이
좀 걸리겠네요.

휴우우…

……

조사는 천천히 하도록 하지. 이것들 복귀까지 골탕 좀 먹어봐라…

DELETE

메시지 내용은
모두 삭제.ㅋ

아, 미안…

사람 치고 미안하면 다야?

이게 미쳤나… 뭐, 미안?

그… 그럼 멀 어쩌라고?

어쩌긴!

내 기분 풀릴 때까지 처맞아야지!

이… 이봐!

안 그래?

내가 정해준 시간에 작은 소동을 일으켜

제35번 전력 케이블을 끊도록 해.

35번 케이블?

그럼 무슨 일이 벌어지는데?

알 필요는 없고 최대한 자연스럽게.

실수로 나한테 불똥 튀면 자다가 못 깨어나.

홍! 날 심부름하는 부하로 만들 속셈인 거지?

어림없어! 35번 케이블…

조사해보니 감찰국 내 부대시설의 일부를 제어하고 있다.

끊어져도 보안 체계에 영향을 주지 않아. 내가 물먹을 일은 없다고!

35번… 평소라면 끊어져도 별문제 없지.

틱

하지만 이 케이블에는 보안을 위해 숨겨진 기능이 하나 있어.

연료봉 교체 때 꺼지는 보안 시스템…

전력 시스템 제작자들은 추가 장치가 없는 구조를 만들고자

비상시 이 라인이 전사체 방어막 시스템의

전력 케이블 역할을 할 수 있도록 설계했지.

지금 이게 끊어지면 몇몇 특수 독방의

문이 열린다.

그중에 하나…

……

공작님의 결정이 어떤 결과를 가져올지 가늠이 안 돼.

분명한 건 주교 따위들과는

그리는 그림의 크기가 완전히 다르다는 것! 그분을 따를 수밖에…

쫘아아악

네!

!

텅

츠츠츠

이게 대체 무슨 일이야? 석방이냐?

정전 사태 같은데?

뚫렸어.

전사체 방어막 시스템이.

너…

하데스…

뭐가 잘못된 건지 모르겠지만…

몇 분 내로 시스템은 복구될 거야.

어때? 나랑 같이 가지 않겠어?

같이? 뭐야, 너! 탈옥했다 다시 붙잡힌 주제에…

종단이 자랑하는 검은 사제들이야.

시간차가 있겠지만 어차피 제8우주 안이면 결국엔 죽거나 붙잡혀.

그러니 나랑 밖으로 나가자고!

밖이라니?

종신형 선고로 죽어서야 이곳에서 나갈 수 있는 녀석들이

왜 그렇게 말들이 많아?

너희는 이미 이곳에서 죽은 녀석들이잖아.

잔말 말고

나와 함께 가자고!

!

하데스…

팟

…사라졌다!

감찰국을 벗어났어…

틱

순간 이동. 설마…

특수 감방 죄수들이 탈출했다!

!

어?

무슨 일이야?

어디냐? 나 좀 데려가.

팟

예?

나한테 미안해서 복귀도 안 하고 감찰국 근처에서 떠돌고 있을 거 아냐?

방어 시스템 복구되기 전에 어서!

위치 좌표는…

남의 속 훤히 꿰뚫고 있는 것처럼 말하지 마요, 좀!

같이?

네, 특수 감방에 있던 네 놈 모두

하데스가 주축이 돼서…

……

어디로 갔는지는 알 수 없습니다.

먼저 종단 사령부에 알리고

우선은 시스템 복구에 집중해!

이… 이런! 놈들의 성향만 믿고…

녀석들이 함께 움직일 거라고는…

뜻밖의 변수?

야, 이놈아. 그거 내가 제일 싫어하는 말인 거 알지?

죄… 죄송합니다. 전혀 예상하지 못했습니다.

특수 감방에 있던 녀석들이 함께…

뭐?

하데스와 같이 움직인 놈들 개인 정보 보내.

옛썰!

슉

하데스가 주도했다고?

이 자식! 태궁을 지키는 전사체 때문이었을까?

그래, 가츠 널 탓할 순 없지.

나도 그렇게 설정했으니…

보자, 이것들이 하데스에게

어떤 영향을 줄 수 있을지…

하나하나 만만치 않은 것들이라

어쩌면 또 다른 계획이 필요할지도…

응? 하아켄?

잠깐, 이건 내가 들어본 적 있는 이름이야.

별명이 지옥의 어쩌고 하는 종류지?

네, 맞습니다.

보자, 어떤 결과가…

틱
틱
틱

……

오, 이런!

157

작은 소동이 연료봉 교체와 맞물리면서…

집단 탈옥이라니?

……

가츠 군, 너 말이야…

나 말고 또 다른 주인이 있나?

예? 그게 무슨…

예를 들면…

종단 서열에 대한 욕심 때문에

돈줄이 필요해서 다른 명령도 받느냐 이 말이야.

주… 주교님.

잘 들어. 야심이 있는 건 좋지만 지나치면 모난 돌이 돼.

돈 많은 패트론에게 붙어먹다가 결국 골로 가는 놈 여럿 봤어.

감찰국이 새장이야? 작은 소동으로 특수 감방이 열리게?

적당히 눈치 봐가며 여기저기 붙어먹는 박쥐…

난 안 키워.

……

자네가 내게만 충성하고 있다는 걸 입증해!

난 지금 이 상황을 원하지 않아!

당장 사태를 수습하라고!

네, 주교님!

탈옥?
또?

그것도
넷씩이나?

도대체
감찰국 놈들…

이번엔 또
무슨 꿍꿍이를…

아니, 이런 기획은
존재할 수가 없어.

이건
사고야. 지금 상황을
뒤엎을 수 있는…

보안국 해체를
주장하는 무리에게
이 사태가 어떻게
보이겠어?

두 번, 세 번
반전을 생각해봐도
이건 기회야.

좋아, 이번에는
나도 현장으로
나갈게.

예?

부장들이 서로
본부 지휘를 하려고
할 거야.

보안국 역량을
극대화해 반드시
사태를 수습한다!

막스 군은
팀을 꾸려 지금 당장
태궁 경비에 나서!

네?

네라니?
당연히 자네가
맡아야지.

아…

현재 종단 내에서
가장 경비가 삼엄한
태궁 경비라니…

나는
자네 팀에…

놈들이 그런 곳에
다시 올 리가 없잖아.

젠장! 예상은
했지만 막상
현장에서 이런 식으로
밀리다니…

!

CALL

띠릭

소식 들었죠?
하데스를 찾거든
바로 연락해요.
우리 함께…

아뇨, 상부에서
별도의 명령
없이는…

이거…
실탄총!

그래서 뭘
어쩌라고?
이 중놈아!

전사체 유닛을 보내달라고요?

탈옥수 전원 모두 특수 감방에 있었습니다.

추격 대원들의 피해를 최소화 하려면…

글쎄, 그건 좀… 대주교님과 우주 평의회의 허가를 받아야 할 사안 이라…

하데스가 태궁 테러할 때 보내주셨잖아요.

그거야 태궁이 공격을 받은 특별한 예외였죠.

전사체 유닛을 한 번 움직일 때마다

종단이 우주 평의회의 견제를 얼마나 받는지 알잖아요?

다시 놈에게 태궁을 공격 당한다면요?

또 탈출하면서 다시 태궁을 공격 해요?

종단의 시선이 온통 거기에 쏠려있는데?

그건 난센스죠. 무엇보다 이미 태궁엔 새 전사체 유닛이 설치됐잖아요.

설령 그런 일이 있더라도 걱정할 필요는 없죠.

네, 알겠습니다. 그럼 보안국보다 저희가 먼저…

요청한 사실만이라도 기록해주십시오.

아, 그거야 당연히… 모쪼록 건투를 빕니다.

잊지 마세요. 여러분은 종단 법질서의 자랑 입니다.

틱
OFF

후우우… 거절당했어.

다행이다.

사령부의 기록은 주교에게 내 다급함을 어필할 거야.

주교가 그런 낌새를… 그동안 바쳤던 내 상납금이 너무 과했나?

흥! 어차피 액수가 줄어들면 거들떠 보지도 않을 거면서…

돈줄인 공작과 연줄인 주교! 둘 다 절대로 놓칠 수 없지!

자네를 처리하라는
지시가 있었어.

······

난 건들지
않기로 했잖아.

그래서 지금
자네를 만나고 있는
거야.

지시를 거둬들일
건수가 필요해.

제35번 전력
케이블을 끊도록 해.

!

35번 케이블이
뭐야?

연료봉 교체 시,
메인 전력선 대신

전사체 방어막
시스템 전력 케이블
역할을 합니다.

하아아···

역시
그랬군.

그래, 누구의
사주?

외부 채널이라
아직 확인이 안 되고
있는데요.

종단 패트론들이
쓰는 채널 특징이
보입니다.

크흑!

가츠,
이 쥐새끼···

주교님의 종단 내
입지를 알면서도 이런
무리수를 둔 거라면

만일
패트론일 경우
종단 최고위급일
가능성도···

나와의
연줄 때문에 돈줄이
필요했겠지.

상납금 경쟁에서
살아남았으니···

하지만
거짓말로 내 명령까지
거역해 가면서 이런
주객전도를?

가츠 놈,
너무 가버렸어.
뭐··· 그동안
수고 많았지.

추격대를
꾸리고 있댔지?

네, 주교님.

감찰 부장에게 얘기해서 여기 이 두 녀석…

선발대에 합류시켜.

자네와 함께!

!

이건 참고 자료…

지난 추격에서 가츠 군이 만든 그림의

패트론들에게 종단의 단호함을 보여주는

자네는 감찰국 검은 사제 역할을 맡고 있는 종안부 요원,

틱

틱

!

비공개 제작 과정이야.

그런 그림을 만들어와.

잠시 외근을 좀 다녀오라고.

아, 뭐예요?

일부러 감시 라인 밖으로 나왔어. 잠시 외부 채널이니까 괜찮아!

감찰국 내에 종안부 요원이 또 누가 있는지 알려줘.

종안부 책임자인 카누 주교…

이렇게 직통으로 바로 연락하시면…

지금 당장 종단 사령부 인사망에 들어가서

아, 그건 시간이 좀…

틀림없이 종안부 요원들에게 뭔가 명령을…

포착되는 놈들의 위치를 보아

머릿속 신호기를 제거하려는 것 같아!

어서 선발대는…

선발대라니… 이거 약속이 다르잖아.

난 시키는 대로 분명히 했어.

내 결정이 아니야. 나도 같이 가잖아.

그러니까!

그러니까… 더 불안하다고!

언제 어디서 뒤통수가 날아갈지…

제기랄! 부장의 지시하에 선발대라니…

감찰국에서 임무를 연이어 맡기는 경우는 없어. 대체…

팅

틱

……

종안부 요원을 같은 선발대에…

후우웁… 그랬군.

주교가 날 버린 거야.

나를 발락과 함께 치우겠다…?

물심양면으로 충성을 다한 개를 이렇게 바로 궁지에 몰린 생쥐로 만들다니…

좋아, 이렇게 된 이상…

야, 이놈아! 그 대답은 네가 했잖아.

흥!

내 큐브가 깨졌어.

!

천하무적의 기술 같은 건 없다니까.

그리고 취조는 내가 당할 거거든.

……

가속 능력을 가진 놈과는 어떻게 싸워야 하지?

가속 능력? ……

뭐, 수면제라도 먹이고 뒤에서…

빵야!

응애애애…

우쭈쭈쭈…

!

정규야, 미라이 깼다.

아, 그렇군. 큐브가 깨질 수도 있었겠어.

수술 중…

뭐야, 이제 보니 안주로 두부를…

남이 먹는 술안주로 왜 시비야?

흠…

죽지도 살아 있지도 않은 상태의 네놈을

꿈에서 날 본 거냐?

너 말고도 아는 사람 많거든.

당최 의미를 알 수 없는 꿈.

꽤나 후에 보게 될 것 같은데 과연 어떤 모습일지…

하아아…

가츠에게 이번 일을 사주한 게 정말 이 녀석이란 말이야?

네, 채널 분석 결과라고 합니다.

끄응… 어디로 튈지 모르는 이 고무공 같은 인간…

대체 무슨 꿍꿍이야?

작은 소동?

그래, 그 하데스란 친구에게 종단 시설을 테러하게 하는 게

종단의 새 사업과 무슨 연관이 있다는 거죠?

구체적인 내용은 저도 잘 모릅니다만

행여 소동 때문에 투자하는 데 불안해하실 필요가 없다는 말씀을…

아… 이거야 원! 당신들 말이야. 정말 무례해.

종단은 우리 같은 패트론들을 너무 호구 취급한다고.

아, 그것은 오해입니다.

오해? 내가 누군데? 종단이 새로 시작하는 택배 사업의 최대 투자자!

그야말로 당신들만 믿고 엄청난 돈을 쏟아붓고 있어!

그런데 내가 알고 있는 게 뭐야? 이게 말이 돼?

남의 돈을 처먹고 있으면 예의라도 있던가…

당신들이 일으키려는 테러 자작극의 목적이 대체 뭐냐고?

흠! 흠! 이번 일이 있고 나면

종단 내 역학 관계에 변화가 생길 거란 기대가 있습니다.

예를 들면?

보안국과 감찰국의 체제 개편 같은…

보안국 해체 이슈가 실제로 진행될 거란 말이오?

168

169

종안부!

종안부?

종안부…

…종안부!

……

콱

내 두 눈!

숙

너만 본다!

숙

엉뚱한 수작 꿈도 꾸지 마!

……

아, 선생님! 여기 잠깐만요!

루츠네. 뿌리 구조망 신호 발생기…

다 자랐군. 뇌 전체에 퍼져 있어. 이거 언제 박힌 거야?

몰라. 기분 나쁜 두통은 탈옥 이후에…

제조 시리얼 넘버가…

……

끄응! 역시…

171

빵!

아, 언제까지 이런 데서 기다리고만 있을 건데요?

위치 추적은 불통이고

그 보안국 오드아이가 연락을 안 주면 이건 뭐…

숙

반드시 날 부를 거야.

하데스 놈 때문에.

놈의 큐브를 깰 수 있는…

!

응? 이게 뭐야?

왜요?

이건…

사용 금지하고 있는 납탄…

예? 그거 우리 개인 화기고에서 가져온 건데?

일반 탄실에 잔뜩 있던 거라고요.

이 총알이 탄실에 잔뜩 있더라고?

예, 사형이 챙겨놓은 거 아니었어요?

……

지금 당장 화기고로 가자!

예?

슉 슉

아, 뭐야? 사형이 챙긴 게 맞잖아요.

……

대체 무슨 의도로…?

여기… 화면이 찍힌 날짜를 봐.

이날은 데바님의 피정 일정이 시작돼 우리가 행성 밖에 있던 날이야.

예? 그럼 도대체 이건 누구?

이건 분명히…

…분명히 나야.

예?

설명은 못하겠지만 확실히 그래. 어설픈 변장 같은 게 아니야.

이 녀석, CCTV 화면을 의도적으로 쳐다보고 있어.

내게 뭔가 메시지를 보내는…

뭔가 사형답지 않은 반응…

아, 어찌 됐건 지금 당장 이것들 치워버립시다.

잠깐, 3번 카메라…

확대.

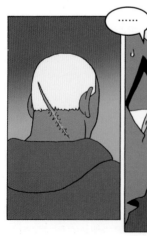

……

이런 상처, 사형한테 없는 거잖아.

틀림없어. 누군가 사형이랑 데바님을 물먹이려는 수작이야.

……

사형? 아비가일 사형! 내 말 듣고 있어요?

175

후우우우…

젠장!

역시 너무 무례한 요구였나?

괜찮으세요?

……

자네야말로 괜찮아?

나랑 있는 게 자네 경력엔 별로 도움이 안 될 텐데…

별말씀을요!

이름이 뭐랬지?

혼마라고 합니다.

그래, 혼마… 자네 동기가 누구누구지?

참, 하이퍼라면서?

순간 이동 말고 다른 기술은?

너무 단순해서 말씀드리기가 좀 쑥스럽네요.

그래도 선배에겐 도움이 되도록 노력하겠습니다.

……

아, 그만 좀 멍 때려요! 그런다고 의문이 풀려?

이것들 엄청 무겁다고! 빨리 치워야 하잖아!

공작이?

아무래도
그때 일로 불만을
품고는…

불만을 품고
뭐?

예?

이런 답답한
양반아!

그래서 고작
종단 골칫덩어리를

풀어줬다.
이게 다야?

……

하데스 탈옥이
목적이 아니라

그놈을 통해서
공작이 얻으려는 게
뭐냐고?

아…

하데스를
잡는 걸 목표로
해선 안 된다는
거야!

하데스가 하려는
짓을 막으라고!

생포할 필요
없어!

글쎄…

보안국이
해체된다면…

어디로…

슈슈슉

!

!

미끄럼틀은
내 거야!

!

누나!

라미 누나!

어디 가?

예배실!
넌?

놀이터!

이따가 나
데리러 와!

그래!
조심하고!

제이 녀석, 이제
완전히 밝아졌네.

……

……

아, 진짜…
정말 끝까지
안 돕네.

에이…

슈슉

그래, 고민한다고
알 수 있는 일도
아니고

슈슉

지금으로선
뒷수습이 더 중요해.
우선 여기 남은
흔적들을

모두 치워…

다 치웠어!
당신 의도대로!

팅

178

179

어때?
알겠나?

우리가 너희를
잡기 위해 어떤
대응을 준비
했는지?

응?

당신은 상황에
집중하고 전방을
주시합시다!

저놈이야.

너와 같은
가속 능력으로
내 큐브를 깬…

그래?
어디 실력 좀
볼까?

네 큐브를
저 친구에게
던져봐.

이거야 원…

도대체 무슨 권리로
남의 집을 수색하는
겁니까?

난 태모신교
신자도 아니라고
패트롤이 도착하면
당신들…

감찰국 위치
추적기를 여기에서
제거했어요.

츠
즈

저 양반,
하데스의 행방을
알고 있는 것
같은데…

이봐요,
그건 단지 말상대
하느라…

그러지 말고
그냥 영감의 기억을
읽어버려!

아, 그건
무리…

데바림 족의
머릿속을 들여다
보려고 했다간

제 뇌신경들이
과부하에 걸려 모두
타버릴 거예요.

젠장… 이봐요!
놈들이 얼마나
위험한지…

……

하지만
난 정말…

콱

큭!

181

슈슈슉

찰칵

찰칵

······

다녀왔습니다.

뭉게

뭉게

후우우우···

콜록

콜록

콜록

아, 진짜··· 촌스럽게 자꾸 기침할래?

그럴 거면 등장할 때 다른 연출을 부탁하던가!

죄송합니다.

공작님 명령을 수행하면서 과로를 했더니 기관지가···

하아아··· 도대체 내가 왜 널 백경대에 두고 있는 걸까? 응?

그거야 전 최고니까요!

짠! 공작님, 빼왔습니다!

태모신교 택배 사업의 일급 기밀!

정말이지 제가 아니라면 이 우주의 그 누가

전사체로 둘러싸인 그 삼엄한 경계를 뚫고 들어가···

재 입 좀 틀어막아!

······

흠···

처음에 종단 사업부에서 택배 사업 투자자 제안을 해왔을 때

별다른 저항감 없이 거기에 응했지.

물류업에 욕심내지 않을 놈이 어딨겠어?

턱

아무래도
이 자리를 피하는 게
좋겠어.

이제 곧 추격대가
닥칠 거야.

막스 선배,
더 이상 지원팀은
부르지 마세요.

상황만
복잡해질 것
같아요.

저런
친구들은 저 혼자서도
충분해요.

뭐가 어째?

무엇보다
공작님께선 모든 공이
선배한테 돌아가길
원하셔서…

아…

거기 네 사람!

추가 지원팀은
없을 거야! 그러니
도망가지 마!

저게…

저런 얘기에
말려들 것 없어.

체력 낭비 없이
이 우주를 벗어나는 게
우리 목표라고!

설사 저것들이
지원팀을 부르지
않더라도

충돌이 시작되면
바로 여기저기서
몰려들 거야.

역시
그렇겠지.
그래, 일단
빠졌다가 다시
기회를…

다시라니?

우리가 이곳에
있는 사실만으로도

우리의 목적은
간파됐어.

다시 기회를
찾는다면 그땐
더 많은 놈들을
상대해야
될걸?

차라리 저런
어설픈 주둥이들이
설치는

지금만 한
기회가 없지!

슈슈슈

반사.

내게 주려는 그대로.

.....

응?

앞으로 순간 이동은 나와 함께!

사… 사형!

납탄 아니야.

왓!

내게 주어진 추가 임무…

제일 못생긴 탈옥수 역시 도울 것.

놀이터 쪽…
뭐야, 또 무슨?

벌
떡

라미야!

타
다
닥

슉

저것들
빨리 치우고 바로
교차공간을
뚫자고!

슉슉

촛

!

빡

떡

빠박

치잇!
나보다
빨라!

슉

……

탈옥수 프로필에
있던 폭파 기술이
이런 거였군.

당장 내려가서…

어딜!

!

꽈
악

내가 너와 함께
움직이는 거라면

너도 나와 함께
움직여야 하는
거잖아. 안 그래?

……

안 그래.

종단 광견? 그거야 너희 동네에서나 통하는 이야기고

말 좀 섞었다고 백경대 전투 큉인 날 만만하게 보면 안 되지.

제대로 맞아본 적 없는 너 같은 동네 똥개 따위가

감히 나 같은 투견에게…

커헉…!

잘 들어.

깝치지 말고 얌전히 있어.

심지어 난 네 탈옥을 도우려는 거니까.

오케이! 앞으로 전진!

그것들은 하데스와 하아켄 녀석에게 맡기고

우린 이대로 전사체 방어막 앞까지!

내 손으로 태궁을 뚫게 될 줄이야…

!

자… 잠깐만!

189

태모신교 감찰국?

이 사이비 광신도들이 어디서 패트롤 행세야.

미친 깡패 자식들 같으니.

내 말이! 자기들이 뭐라고

무슨 권한으로 우리 같은 선량한 우주민을…

…선량?

응?

루츠…!

경장님, 루츠가 분명합니다.

거기 수호 사제가 사갔다고? 물건 판 놈 이름?

응?

저기… 사간 놈이 더 궁금하지 않아?

이름?

……

감방 가던가…

철!

본명?

구봉철!

끄응… 망할 평의회 보안법!

불법무기 제조부터 막을 것이지 거래만 불법이라는 게 말이 돼? 대체 누굴 위한…

이봐, 날 때린 놈은?

응? 맞았어?

종단 3대 광견 중 하나라는 발락이란 놈이야!

완전 미친! 패트롤도 다루기 힘들…

핀식

이규야!

예.

여기 루츠 건···
네가 맡아서
해결해.

옛썰!

팅

······

우리 패트롤들이
상대하는 놈들이
어떨 것 같아?

아침에 일어나
거울을 보다 보면
말이야.

간혹 자신이 아닌
자신을 보는 기분이
들곤 해.

괴물들을 상대하다
보니 어느새 자신도
그것들을 닮아가지.

광견?

우린 그런
광견 잡는 광견들
이라고.

특히 저 친구!

루츠를 사간
사제 말이야. 정말
억세게 운이 없는
놈인 거야.

······

틀림없어!
그 영감탱이가
패트롤만 믿고

우릴 엿 먹인 거야.
이런 곳에 탈옥수들이
올 이유가 없잖아!

티··· 팀장님!

태궁?!

191

척

이 자식!

뭐… 뭐야?

총을 조준하면서
가속 능력을
쓸 수는 없지.

치잇!

!

아무리
잘나도

아, 그건 물파스!

숙

크아아앗…!

이 바쁜 와중에
받은 만큼 돌려줄게.

무녀?

훽

훽

그 총을
쓰려면 지문 인식이
필요해.

뚜둑

아가씨, 여긴
너무 위험해.

다치지
않으려면 어서
나가요.

저… 저기요!

지금 밟고 계신
그 밑으로 아이들
놀이터가 연결돼
있어요.

종단 본부 같은
곳에서 오신
분들이죠?

숙

!

……

그곳에서
절 기다리는 동생이
있답니다.

제발…
도와주세요.

194

꺄아아!
사… 살려줘!

ㅈㅈㅈ

……

어서 풀어!

너부터 풀어!
이러다 사랑에
빠지겠어.

뭐?

탈옥을 돕는다며
왜 날 붙잡고 있는
건데?

그건 네놈을
다른 위협으로부터…

휙

개소리하고
자빠졌네!

나 하데스야!
너 같은 외부인에게나
만만한 거라고!
어서 풀어!

……

너, 한 대만
맞아라.

뭐?

너한테 맞은 거
기분이 정말
더러워서.

남의 공격
반사질이나 하는
저급한 기술에
당한 것도.

큐브 풀 테니까
나한테 딱 한 대만
맞아.

뚝

별 미친…

ㅈㅈㅈ

끄륵…

……

그럼 동의
하는 걸로 알고
친다.

반사질
하지 마!

빡

크흑!

슥

이 쓰레기 같은
유기물 덩어리가…

195

슈슉

척

넌 보낸 게 네 귀족 주인이냐?

뭐… 그게 누구든 이 시점에선 상관없지.

그대로 전해! 무슨 속셈인진 모르겠지만

막판에 숟가락 얹을 생각은 말라고 말이야.

멍청한 백경대 놈아!

슈슉

팅

……

!

…그렇군!

가속 능력… 하아켄!

제기랄! 안 보여…

그래, 들어본 적 있다 했더니 이제야 기억이 나.

원래대로라면 지금의 나 대신

아그네스 데바님의 수호 사제가 됐어야 할 녀석!

!

당시 어떤 이유에서인지 네가 사제직을 포기 하는 바람에

널 대신해 내가 그 역할을 맡게 됐어.

하아아… 우리 사이에 그런 인연이…?

기어이 가속 능력을 가진 놈으로 채웠군.

아그네스…

그래, 그 소녀의 탈을 쓴 악마 계집은 잘 지내고 계신가?

퍽

빡

말조심해! 데바님께 계집 이라니…

큭…

한때 수호 사제였으면서 잘도 그런 소릴…

우우웅

크흐윽…

열혈 사제 나셨군…

그 계집한테 단단히 홀린 모양이야.

말조심…

탁

탁

탁

퍽

빡

가속 능력을 이용하면 눈 대신

큭…

몸으로도 볼 수 있다는 건 모르나?

하데스의 큐브를 깼다길래 기대했더니만…

이거 실망이군.

하긴…

그러니 그런 계집 옆에 별생각 없이 붙어 있을 테지?

그나저나 그 야심 많은 살인광 밑에서

별의별 더러운 짓거리는 다하고 있겠군.

197

텅

짝

펙

!

어서 일어나!
눈 쓰려… 제기랄!

아…

흐으읍…

호흡이…

염병할! 이런
꼴이라니…

기다려봐.

그만둬.
뭘 하려는지
알겠지만

이미 양팔과 벽이
융합돼버려서 꿈쩍도
안 해.

소용없다고.
난 두고
너희끼리 가.
서둘러!

그래…
너랑은 여기까지인 것
같다. 그럼…

……

하데스 자식은
아직 안 끝난 거야?

저…
저기…

서두르자고!
벌써 상당한
시간이…

큭…
기다려!

슥

너흰 내가
잡았…어.

꿈도 야무져.

슈슉

꿈이라니…

수초 후에 분명히
일어날 일이지.

말씀이 거치네. 어차피 감찰국 감옥행, 우리가 맡아야지.

탈옥수 몸에 손만 대봐.

종단이고 뭐고 바로 전쟁이야! 지금 그렇지 않아도…

끄덕

!

터지게 싸우시네.

!

키힝

콰아앙

우와아앗!

웃!

텅

텅

슈슈

이런, 방심한 틈에…

슈슈

!

이 자식, 멀쩡했어?

여기저기서 몰려들기 시작했군.

슉

잘했어! 전사체 방어막이 뚫렸으니 이제부터 그야말로 난장판!

슈슈

이… 이런 제기랄!

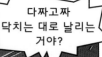

다짜고짜 닥치는 대로 날리는 거야?

당연히! 태궁 방어막 세팅이 끝난 뒤라

콩이라면 구분 없이 모조리 치우는 거야!

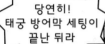

……

뭘 꼬나봐? 이 종안부 프락치 새끼야!

왜? 이때다 싶냐? 엉뚱한 짓 하기만 해! 확 그냥…

주교님께 전해!

내 목숨이 누구한테 달렸는지 누구보다 잘 안다고!

난 지금보다 앞으로 더 쓸모가 있을 몸!

날 좀 더 활용하시라고!

슈슈슈

아아악!

맙소사! 난리가 났군!

빨간 내복들, 이번 일로 어떤 처벌을…

……

그렇군. 교차공간을 통해…

202

크흑…

그래, 이 와중에도 저런 건 주워 담아야지.

빠박

툭

!

남의 먹이 넘보지 말라니까!

슈슈

아악!

젠장! 하데스 놈 어디로 간 거야?

슈슈

!

잠시 옮기지.

조만간 전사체 방어막이 해제될 거야.

크아악! 이 미친…!

짝

팡

!

자, 모두 침착하게…

이거야 원… 또 테러야?

이러다 종단 전쟁이라도…

한 사람씩 밖으로 나갑니다.

!

뭐야, 이건…?

아, 혹시 지난번…

이봐! 그런 건 만지지 않는 게 좋겠…

……

이제 어쩔거야?

전사체 방어막이 해제되는 대로 교차공간으로!

전사체 컨트롤러를 찾은 거야?

아니! 지금 그걸 무슨 수로 찾겠어?

그럼 거길 어떻게 들어가겠다는 거야?

우리 목적이 빤히 드러났을 텐데!

우리 목적을 알게 됐으니까

방어막을 해제할 거야.

제… 제이야!

누나…

어디야?
괜찮아?

무서워, 누나!
천장이 갑자기…

누나가
구해줄게! 정신
차리고 있어!

……

뭐야,
저 무녀는?

인질 같은 거야.
그 반사질하는 놈에게
효과가 있더라고.

탈출하는
동안 요긴할
거야.

……

뭇시엘! 저기요!

도와주세요!
동생이 지금
갇혀 있어요!

뭐든 할게요!
제발 도와
주세요!

지금 제
동생이…

시끄러우니까
여기서 당장 꺼져!

뭐야,
뭐 하는 건데?

징징대는 거 짜증 난다고!

뭐? 너 지금 무슨 꿍꿍이야? 그게 말이 돼?

뭐?

이봐, 이봐! 우리끼리 왜들 이래?

숙

......

찌익

이럼 됐나?

읍…

우으읍… 으읍…

제발! 지금 제 동생이…

누나!

틱 틱 틱 ㅋㅋㅇ

누나…

왜 갑자기 연결이 안 돼? 전부 안 먹혀…

아, 이건…

......

그렇군요.

역시 그편이…

응, 자네 말대로 제8우주에 놈들이 숨을 곳은 없어.

다시 체포될 경우 어쩌면 종단 예외 규정이 적용돼

하데스는 사형에…

정황상 이전 탈옥이 종단에 메시지를 남기려는

특정 배후에 의한 거라면

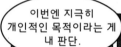

이번엔 지극히 개인적인 목적이라는 게 내 판단.

......

희생양으로 쓸 다른 죄수들을 데리고…

위치 추적기까지 제거한 뒤에 태궁에 재침입했어.

주사위를 남겨 교차공간을 정면 돌파하겠다는

의도를 남기고…

추격대에 혼선을 주려는 작전으로 보기엔

지나치게 노골적이야. 그저 탈출하는 데 전력을 다하겠다는 거야.

교차공간 내부에선 퀑 능력을 쓸 수 없어.

혼자가 아니라고 방심해서 하데스 놈이 간과하고 있어.

이제 곧 추격대 본대까지 합류하게 되면

차라리 전사체 방어막을 뚫는 게 더 쉽다는 걸 깨닫게 될 거야.

종단 보안의 자존심, 감찰국 팀워크를 온몸으로 느끼게 해줘야지.

사령부에 전해서 보안국의 간섭을 차단 하고 방어막을 해제해야 돼.

당장 이 종안부 친구의 도움이 필요하겠어.

……

뭐야, 감찰국 팀 통신이 갑자기 전체 공개로…

녀석들이 이런 실수를?

땡큐!

하데스 일당이 목적을 드러낸 이상, 최단 시간 내에…

비상! 전사체 컨트롤러가 파괴됐다! 비상!

사형, 보여?

응.

이거… 너무 어설픈데?

응?

마치 방어막이 해제된 걸 여기저기 알리려고

통신망을 일부러 열어놓은 것 같잖아?

……

아니, 이것들이 누굴 어리바리 호구로 아나?

우리 들으라는 듯이 방어막 제거를 이렇게 요란하게…

왜? 노골적인 우리 행동에

장단 맞추고 있잖아.

기대하고 있던 적당한 반응일 뿐이야.

피차 빨리 끝내기를 원하는 거라고!

좋아, 지금이라도 당장 들어가주지!

예? 그게 무슨 소립니까?

체포 때 혼선을 막기 위해 보안국은 빠지라니요?

전 요원들이 이제 막 태궁으로 갈 채비를…

지난번 충돌 때문이죠.

종안부의 결정입니다.

현장은 선점한 감찰국에게 맡기라는

종안부?

이… 이런!

팅

CALL

흥!

태궁 경비나 서랄 때는 언제고 날 왜 찾는 건데?

그렇게 급하시면 직접 오시지.

내겐 지금 종단보다 공작님의 뜻이 더 중요해.

슈슛

끄응…

이 친구는 왜 연결이 안 되는 거야?

말 한마디로 보안국 발목을 잡고 방어막 해제라니…

여어…

!

과연 종안부!

발락 군, 더 이상 심기를 자극할 필요는…

역시 팀워크를 위해 자네는 빠지는 게 나으려나?

아, 그 친구는 제게 맡기시고…

다시 말씀드리지만 놈들을 유인하기 위해 방어막을 해제 하는 건

우리가 할 수 있는 가장 극단적인 조치입니다.

종안부장님과 사령부를 설득하는 데는

팀장에 대한 제 개인적인 신뢰가 있기 때문이에요.

원하는 결과가 나올 수 있도록…

명심하겠네.

슈슈슉

추격 본대 도착!

자, 이제 상황 종료합시다!

상황은 들어 알지?

역시 컨트롤러 폭파는 페이크였어.

놈들을 유인하려는…

그랬군.

엇! 언제…

거기 턱수염, 이렇게 하자고.

빨간 내복들 중에 백발을 부탁해. 그놈 때문에 꼼짝을 못 하겠어.

퍽이나! 누구 마음대로?

슈슉

응? 숫자가 늘었군.

지원팀이 온 거냐?

그래, 피날레의 장식들은 많을수록 좋지!

하데스…

뭘 둘러멘 거야? 인질?

양쪽 모두에게 8우주에선 마지막 날이 되겠군.

뭇시엘!

......

사령부에서
방어막 해제 요청을
수락하도록
전했습니다.

수고했어.

이거야 원…

하데스 놈이
교차공간을 노리고
있었을 줄이야.

뜻하지 않게
하데스를 재활용하게
됐으니

생포할 필요 없다는
말은 취소해야 할 것
같군.

부디 이 상태로
태궁이 좀 더 심각한
타격을 입길 바라.

그런데…

대체 이 인간은
목적이 뭘까?

제아무리 돌발
행동으로 악명이
높다고는 하나

엄연한 패트롤
연합의 수장 중
하나!

계산 없이
움직일 리 없지.

하데스가 교차
공간으로 이 우주를
벗어나려는 건

종단 내부에 있는
우리로서는 미처
예상할 수 없었던
일이야.

공작이 대가로
하데스에게 어떤 조건을
내걸었을까?

아니,
둘이 연계가 있다고는
생각할 수 없어.

그랬다면 굳이
자신이 아끼는
백경대원까지 동원할
필요는 없지.

그걸 이용해서 뭘
얻으려는 거냐고?

하데스의 동선을
정확히 예상하고

패트론 수장의
입장이라면

상당히 큰
그림을…

응!

214

아마도 예를 들자면

종단 소유의 교차공간을

패트론들을 설득해 종단 견제를 목적으로

파괴하려 한다던가…

아…

그래, 그들이라면 얼마든지 가능한 목표야.

특히 우주 평의회와의 유착 관계를 생각한다면…

제8우주가 가진 2개의 교차공간, 우주 권력의 상징으로

하나는 우주 평의회 명의로 소유, 관리되고 있고

나머지 하나는 우리가 가지고 있지.

처음부터 종단과 평의회의 가장 큰 갈등 이슈가 될 수밖에 없었어.

특정 종교 단체가 소유하기엔 너무 위험하다는 그들의 주장,

지금도 제8우주 법령을 내세워 소유권 이전을 요구하고 있으니까.

탈옥 사건과 적당히 버무려서

이참에 골칫거리를 제거하려는 것일 수도 있어.

드러내놓고 말하진 않지만

모두들 종단의 성장에 긴장해.

하지만

평의회와 패트론들이 미처 모르는 부분이 있지.

우리가 교차공간을 통해 얻고자 했던 데이터는 이미 모두 확보,

이젠 택배 사업을 시작할 수 있게 됐다는 것을!

혹시라도 패트론 연합에서 택배 사업의

실체를 알게 될 날이 오지 않을까요?

그런 염려는 단지 우리가 진실을 알고 있기 때문에 생기는 거야.

물류를 쥘 수 있는 택배업은 수익 사업의 모델로 충분해.

진짜 목적을 누가 상상이나 하겠어?

자네 걱정만 빠지면 돼.

이건 자신의 힘을 컨트롤할 수 있는 누군가가

반드시 해야 할 일이야.

그것은 또한 우리 종단이 그간 받아온 핍박과 고통을

보상받을 수 있는 것이기도 해.

슈슈

!

응? 낯빛이 왜 그래?

종단 기밀 파일 중 하나가…

뭐어? 조회수가 하나 늘었다고?

그게 무슨 소리야? 어떤 파일을? 누가?

모든 종단 기밀 파일은 열리는 동시에

화면을 보는 상대 이미지들을 바로 자동 전송해

기록하게 돼 있는데… 보시죠.

이… 이런…!

택배 사업 건…

!

맙소사…

푸하하하하…

이런 미친 종자들을 봤나!

그래, 미칠 거면 이 정도는 돼야지!

좋아! 네놈들한테 아낌없이 투자해주마! 크하하하하…

이런 미친…! 뭐야, 대체 이놈이 어떻게

이걸 본 건데? 이게 가능해?

아마도 우리에게 알려지지 않은 백경대 소속의 누군가를 시켜…

……

이건 견제가 아니라 테러야!

공작이 선을 완전히 넘었어!

공작이 사용하는 모든 채널을 당장 전부 사들여.

그리고 철저히 감시해!

공작에게 우리가 알게 된 사실과

기밀 파일의 녹화, 조회, 전송 기능을 알려.

파일 조회수가 더 늘어나는지 주시하고!

옛썰!

놈을 당장 만나야겠어!

어떻게 해결 하시려고…?

놈의 백경대에 맞설 방법은 하나!

서방 교회 대주교들께 상황을 전하고

준비해!

패트론 연합과의 전쟁을!

다 준비했습니다. 계산은?

아그네스 데바님 앞으로…

일시불이면 좀 깎아주나?

사제가 구입한 물건들은 모두 제8 우주 법령으로

어렵게 입수한 CCTV 화면이에요.

이 친구의 담당 데바시죠?

금지된 것들 이더군요.

특히 이번에 사용된 루츠라는 물건은 그쪽 종단에서 먼저

법령 위원회에 거래 금지 요청까지 했던 겁니다.

데바님 이름으로 거래에서 사용까지…

저희 패트롤이 나서야 하는 범위예요.

마찰 없이 진행되도록 불러와 주시겠습니까?

안 된다면 저희가 직접 나서야…

……

……

……

이 자료 화면에 보이는 정보들이 정확한 것들 인가요?

장소, 날짜, 시간… 모두 정확합니다.

데바림족 무기 상인이 감시망을 역이용 하려고

CCTV를 공개 채널에 연결해뒀더군요.

그렇다면 정말 이상하네요.

팅

이 화면 속의 절대시간대라면…

218

피정을 떠난 직후라 저희 모두 선내에 함께 있었거든요.

네?

아시는 것처럼 어떤 조작도 불가능하죠.

분명… 절대시간이 일치해!

이게 어찌 된 일이지?

저희도 공개 채널을 쓰고 있어서

음…?

……

오늘은 여기까지!

사제님은 지금 외부 업무 중이라

데바 측 자료에 조작 흔적은…?

좀 더 조사해서 다시 뵙죠!

복귀하는 대로 연락드리겠습니다.

……

만만치 않은 여자로군.

공개 채널이 맞아. 조작은 어림없어.

같은 시간에 다른 장소라니…

흥! 어찌 됐건 데바와 넌…

선배, 행여라도 타임 워프를 이용한…

타임 워프?

이 자식, 어떤 방법을 쓴 거지?

……

뭐야, 그 사제 놈이 교차공간 에러라도 겪었단 말이야?

......

역시…

아비가일 사제님인 거죠?

네, 녀석입니다. 이상하네요. 분명히 줄곧 함께…

준 녀석까지…

두 사람 모두 지금 연결이 안 됩니다.

대체 무슨 일이 있었던 걸까요?

정말 동일 인물이라면…

타임 워프 같은 거라도…?

음, 딱히 지금으로선 달리 설명하기도…

만일 그거라면 패트롤에게 발견되는 즉시 사살이야.

게다가 지금 이 상황은 본인만으로 끝나지 않아.

데바님 성함으로 계산됐어.

종단 자치 규율은 말할 것도 없지.

당장 패트롤에게 데바님이 연행돼도 종단에서 커버할 수가 없다고.

제8우주 법령이 적용돼.

그리고 그런 걸 누구보다도 잘 아는 녀석이고!

우리가 알고 있는 사형은 이럴 사람이 아니에요.

무엇보다 데바님까지 곤란하게 만들 리가…

다시 연락해봐!

220

223

슈슈슝

슈슈슝

후아아…
엄청난 폭발이었어.

조금만
늦었어도…

아무리
생각해도
감찰국 작전은
판단 착오야.

전사체 방어막을
해제한 상태라니…
미쳤어!

예상했던
전개다! 교차공간
방어는 내가
맡는다!

놈들을 생포하는 게
목적이 아니야!

다른 방어는
필요 없어!

공격으로 치워!

！

CALL

뭐야, 전화
엄청 했었네?

아, 연결…

뭐? 패트롤이?

응!

너 지금
사형이랑 같이
있지?

칙

오케이!

종단 채널과
연결됐습니다.

회선을
추적해서 수신
위치를 잡아!

……

틱
틱

아…

태궁…
신호가 태궁에서
잡히는데요.

교차공간이
있는 태궁?

네, 현재 연이은
내부 테러로 종단
감찰국 녀석들이
북적…

이거… 농담으로
시작된 추측이
어쩌면…

벌써?

의외로군.
공작으로부터 답변이
이렇게 빨리?

아무래도
전쟁을 원하는 분위기는
아닌듯합니다.

면담 결과로
기밀 파일의 복사나
공유 여부를 결정
하겠답니다.

종단과
거래할 게
있다고…

거래? 그래, 지금
주도권이 자신에게
있다는 거지?

아그네스…

네?

……

아그네스 데바와
함께 가도록 하지.

듣자 하니 공작이
우리 데바를 많이
아낀다던데?

어디 이참에
우리 공작님…

신앙심의 크기를
확인해봐야겠어.

아, 정신 차려!

아…

제기랄!
갑자기 엄청난
폭발이었어!

좋아, 되돌려주지…

들어가려고?
발락 군, 우리까지
움직일 필요는
없어.

잘난 친구들이니
알아서 할 거야.

괜히
몸 상하는 일 없게
적당히 분위기나
맞추자고.

지금 안에서 나는
소리 안 들려요?

뒤통수
쏘기 없기!

거기 혼자
있다가 종안부한테
까이시던가…

아파…

콰앙

교차공간 근처야!

!

폭발 충격으로 문제가 생길 수도! 힘 조절해!

알았어!

퍼버버

크흐윽!

윽! 이럴 수가…

우리가 이렇게까지 밀릴 줄은…

우와아앗! 어느새…

츠즈즈

왜? 밀릴 줄 몰랐어?

독방에 아무나 가두진 않잖아?

감찰국 배경에 취해 너희들 스스로 너무 안이했던 거야.

우으으읍…

하아

하아

하아

하아

누나…

하아

하아

하아

하아

드디어…

교차공간!

227

아그네스 데바님 앞으로…

일시불이면 좀 깎아주나?

눈빛, 억양, 제스처… 이건 단순히 닮은 게 아니라…

응…

분명히 사형 당신이야.

그러고 보니 지금 이 상처

CCTV 속 위치와 일치해.

상처가 아문 상태라면

그건 사형의 미래 모습인 거잖아.

…타임 워프? 만일 그렇다면 우주 패트롤에게 즉결 처형인데

그걸 사형이 모를 리도 없고, 어떤 충격으로 머리가 잘못된 것도 아닐 테고.

무기고를 그런 물건들로 채운 건 명백히 계산된 행동이라고.

게다가 데바님 명의라니…

차 돌려!

네?

위이잉

지원팀 요청해! 다시 그 데바에게로 간다.

그럼…

사제 놈의 소재는 파악됐으니까.

그녀의 명의로 거래가 됐으니

그 데바도 당장 체포해 조사해야지.

이건 종단 자치 규정을 벗어난 일이야. 패트롤이 데바님을 체포해도

종단에선 막을 수가 없어!

사형도 마찬가지야. 진위 여부와 관계없이

이미 쫓기고 있잖아.

228

놀랍군. 소문 그 이상이야.

자네 전투력이 백경대의 평균 수준이라니…

그래, 어쩌다 공작님의 백경대 경호원이 된 거야?

저 같은 하이퍼 쾅에겐 그만한 일도 없죠.

백경대원이 되면 가족들이 먹고살 수 있는 점포를 하나씩 내주세요.

공작님 사업체의 일부 분점들인데

임무 중에 제게 불상사가 생겨도

가족들에게 주어진 생계는 계속 유지가 돼요.

아, 그래서 목숨 걸고…

예!

일백 명 하이퍼 쾅들의 경호라니…

아, 평소엔 공작님 곁에 십여 명 정도만 남고 모두 파견 근무죠.

파견?

네, 공작님의 동업자인 하부 업체 대표들에게

경호원 자격으로 출장 나가 있는 겁니다.

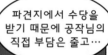

파견지에서 수당을 받기 때문에 공작님의 직접 부담은 줄고…

말만 경호지 실상은 그들을 감시하고 견제하는 게 목적이에요.

백경대는 공작님의 경호와

지배 구조를 유지하는 수단으로 쓰이고 있어요.

그렇게 공작님의 긴급 소집령이 있기 전까지는

모두 흩어져 각자 자기 역할을…

선배도 공작님의 후원을 받고 계시니 그 정도는 아시잖아요?

아, 백경대원에게서 직접 듣는 건 처음이야.

!

아, 탈옥수들! 놈들이네요.

아, 그럼…

피정을 잠시…

응. 자네 패트론과 주임 주교가 회동하는 자리니까

중간에서 완충제 역할을 하는 게 데바의 소임이지.

곧장 공작님께 알리고 그분 곁에 가 있도록 해.

당장 수송선을 보낼 테니까

채비를 마치고 기다려.

아, 수호 사제들은 거기 두고 혼자 움직이도록.

네?

이번 회동에 자네의 다급함이 어필됐으면 해서. 그럼…

아… 네.

틱

……

OFF

……

뭐? 지금 당장 되돌아온다고?

네, 공작님. 주임 주교님의 방문이 있다고 해서…

아, 그렇군! 그게 종단 규율이었지.

내 이럴 줄 알았으면 주교들을 바로 초빙하는 건데 말이야.

아무튼 어서 와줘.

정말 미치도록 보고 싶다고!

쪽

쪽

저기… 신앙심의 크기를 확인한다 하심은…?

말 그대로야.

공작 자신이 초래한 일이 어떤 결과를 낳는지

그리고 그 상황을 신앙심으로 어떻게 극복하는지!

아그네스에게 전해.

공작에게 복귀 사실을 알리고

우리가 보낸 수송선을 타라고.

수호 사제들은 피정소에 두고 혼자 움직이라고 해.

그러고 나면 공작에게 돌아가는 도중

수송선은 사고로 폭발하게 되지.

예?

공작의 얌생이 짓거리가 빚어낸 안타까운 결과야.

공작의 행동 때문에 내가 움직였고

그 자리를 피정 중인 데바라고 빠질 수는 없는 노릇이니까.

전적으로 공작 놈 책임인 거야.

그래도 태도가 안 바뀐다면 좀 더 적극적인 방법을 써야지.

그럼 그 이후엔…

종단에 아그네스 정도의 데바들은 수두룩해.

약을 잘 쓰는 아이로 그 자리를 대신 메꿀 거야.

……

뭇시엘…!

6권 마침.

DENMA 6

© 양영순, 2016

초판 1쇄 발행일 2016년 11월 3일
초판 3쇄 발행일 2022년 7월 29일

지은이   양영순
채색   홍승희
펴낸이   정은영
책임편집   이책
디자인   손봄(김원경, 홍지은, 서정아)

펴낸곳   (주)자음과모음
출판등록   2001년 11월 28일 제2001-000259호
주소   10881 경기도 파주시 회동길 325-20
전화   편집부 (02)324-2347, 경영지원부 (02)325-6047
팩스   편집부 (02)324-2348, 경영지원부 (02)2648-1311
E-mail   neofiction@jamobook.com

ISBN 979-11-5740-140-6 (04810)
      979-11-5740-100-0 (set)

이 책에 실린 내용은 2012년 1월 29일부터 2012년 10월 09일까지 네이버웹툰을 통해 연재됐습니다.